비정기 간행물 때 Volume 01

잠이 오지 않을 때

KB037598

잠이 오지 안

잠이 오지 않을 때

잠이 오지 않을 때

잠이 오지 않을 때

잠이 오지 않을 때

잠이 오지 않을 때

잠이 오지 않을 때

잠이 오지 않을 때

잠이 오지 않을 때

잠이 오지 않을 때

잠이 오지 않을 때

잠이 오지 않을 때

잠이 오지 않

잠이

잠이

잠이 오지 않

잠이 오지 않을 때

잠이 오지 않을 때

잠이 오지 않을 때

잠이 오지 않을 때

잠이 오지 않을 때
잠이 오지 않을 때
잠이 오지 않을 때
잠이 오지 않을 때
잠이 오지 않을 때
잠이 오지 않을 때
잠이 오지 않을 때
잠이 오지 않을 때
잠이 오지 않을 때
잠이 오지 않을 때
잠이 오지 않을 때
잠이 오지 않을 때
잠이 오지 않을 때
잠이 오지 않을 때

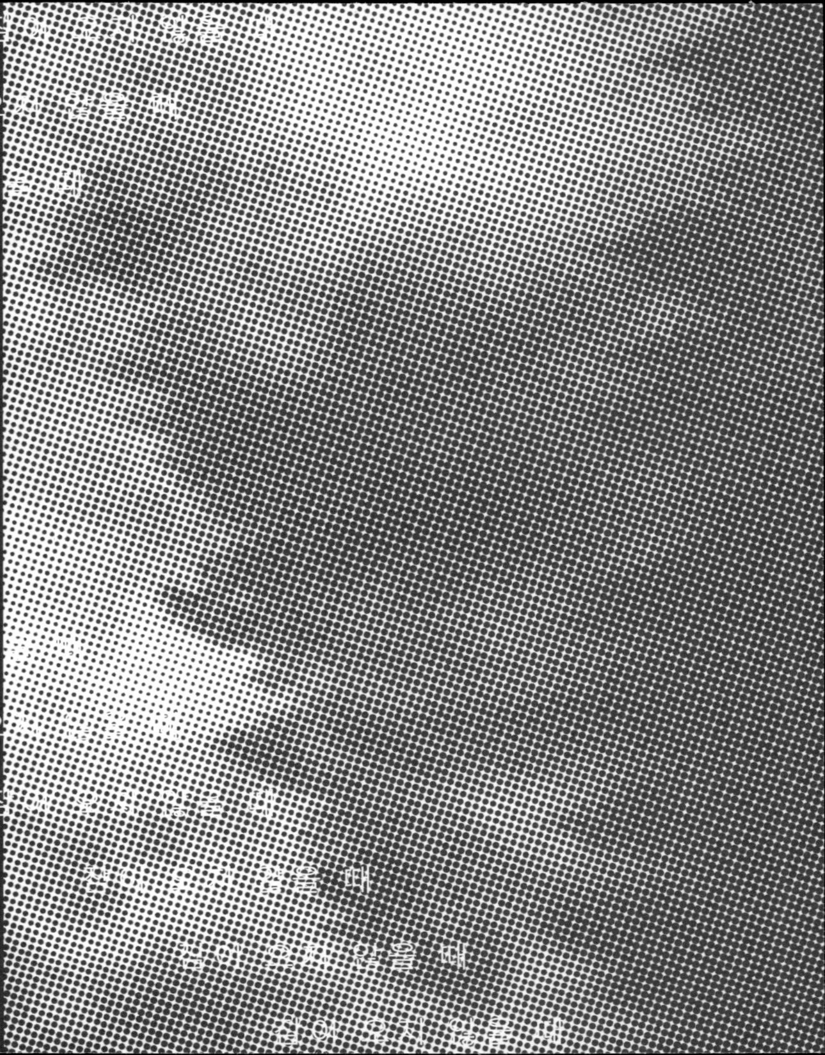

잠이 오지 않는다. 버릇이 되어버린 것도 같다. 또 새벽 세 시. 노력한 것이 무색하게 한두 시간 정도밖에
잠들지 못했다.

뒤척인다. 옅은 한기가 느껴진다. 이불을 머리까지 덮고 발가락도 꼬물거려본다. 한참을 반복하니 왠지 더
고통스럽다. 시계 초침이 꽉 찼고, 3시간 후면 기상 시간이다.

아무래도 오늘은 다시 잠들 수 없을 것 같다. 어제도 이러지 않았나. 그제도. 또 그 전에도. 그동안 깨달은 것은
이런 날에는 잠들기를 포기하고 일어나는 게 낫다는 것이다. 어쩌면 혼자 잠드는 힘을 잠시 상실한 것일지도
모른다.

책을 펼친다. 언제나 책이 도와준다. 흰 눈이 쌓인 철길로 데려가 주거나 왁자지껄한 핼러윈 거리로 떠나게
해준다. 때로는 알 수 없는 시공간으로.

소설처럼 흥미롭게 에세이처럼 담백하게. 아니 장르가 무슨 상관일까. 이토록 신비롭게 손을 잡아준다면.

이제 부유한다. 목적지도, 거리도 한계를 정하지 않은 채로. 순간이 영감이 되어서, 때로는 서로 스치고 때로는
각자의 세계에서. 떠다니는 것이다. 그리고 이건 새벽에만 가능한 일이다.

한 땀 한 땀 엮이는 이야기들. 반짝이는 바늘. 거기서부터 새어 나오는 신비한 실을 따라 어느새 몸이
따뜻해진다. 우유가 담긴 유리컵이 없더라도. 잠에서 깨길 잘했다, 그런 생각을 한다.

*

〈잠이 오지 않을 때〉 흔쾌히 승낙해주시고 원고를 주시고
또 오랫동안 출간을 기다려주신 작가님들 정말 감사드립니다.

디자인이음 편집인 이상영

악몽과 곰인형의 밤

조예은

*

    나는 아주 작고 보잘 것이 없다. 어떤 그림에서는 나를 붉은
피부와 뿔, 기다란 팔을 가진 괴물로 그려냈고, 어떤 글에서는 검고
축축하며 불길한 기운을 내뿜는 안개라고 써냈다. 아무리 상상하기
귀찮아도 그렇지, 안개는 좀 심하지 않나? 하지만 뭐, 상관없다.
내가 어떻게 생겼는지는 아무도 모른다. 사실 나조차도 내가 어떻게
생겼는지 모른다. 내 모습은 거울에 비춰지지 않아서, 나는 나를
제대로 본 적이 없다. 관리하기 귀찮은 적갈색 털과, 손으로도
다리로도 쓸 수 있는 사지를 가졌다는 것만 안다. 나를 표현한
인간들의 작품을 참고하여 아주 흉측한 생김새일 것이라고 추측할
뿐이다. 미지의 세계를 탐구하는 무수한 상상력 중에는 뒷걸음치다가
때려맞히는 경우가 꽤 많으니까.

    그런 내가 온종일 하는 일이라곤, 무방비 상태의 인간 배에
올라타 심통을 부리는 것이 전부다. 내가 너무 하찮은 존재라 이런
일을 하게 된 건지, 아니면 이런 일을 하다보니 이렇게 하찮아진
것인지는 모르겠다. 나는 매일 밤 악몽을 이끌고서 인간의 잠에
숨어든다. 그들의 악몽은 각양각색이다. 그들은 나를 통해 피하고
싶은 것을 본다. 나는 태평하게 침대 위를 뛰놀며 그들에게서
착즙되는 공포와 불안의 기운을 먹는다. 그게 무슨 맛이냐고? 글쎄.
밍밍하다. 아마 고양이나 강아지 사료를 먹는 것과 비슷하지 않을까.
다른 것을 먹어본 적이 없으므로 맛이라는 걸 설명할 수가 없다.
하지만 온갖 시커먼 기운과 감정을 섭취하는데, 그 맛이 과연 좋을까
싶다. 그냥 먹어야 해서 먹을 뿐이다. 식은땀을 흘리며 펄떡이는
인간을 보는 건 꽤 재밌다.

간혹, 그러다 가위가 풀리는 바람에 인간의 손끝이 피부를 스칠 때가 있다. 그들은 살아 있으므로, 공포를 느끼는 것 또한 살아 있어야 가능하므로 온기를 지닌다. 그럴 때마다 소스라치게 놀란다. 좀 태연해지고 싶은데도 매번 그렇다. 그들이 닿은 부위에는 화상을 입는다. 상처는 눈에 보이진 않지만, 흡사 지글지글 타들어가는 듯한 열기가 피부를 점령한다. 나는 손길을 조심해야 한다. 늘 명심하는 부분이었다. 하지만 실수라는 건 누군가 저지르기 때문에 실수인 것이다.

*

자하동 2길 36, 103동 303호.

내가 은성의 집을 선택한 이유는 간단했다. 베란다 창문 왼쪽 구석이 약간 깨져 있었기 때문이다. 모든 벽과 창을 자유롭게 드나들 수 있는 나라도 이왕이면 제대로 된 통로가 있는 곳이 좋았다. 그건 마치 초대된 듯한 기분이 들게 한다. 은성의 집 창은 그런 면에서 아주 마음에 들었다. 크기도, 굴곡도 꼭 나를 위해 만들어놓은 것처럼 딱 적당했다.

그렇게 침입한 방에 대한 첫 인상은, 아주 빼곡하다는 것이었다. 은성의 집에는 여백이 없었다. LED등이 달린 천장을 제외하고는 모든 벽과 바닥에 뭔가가 늘어지고 덕지덕지 붙어 있었다. 여행지 관광 엽서, 물을 조금 줘도 잘 자라는 덩굴식물, 철 지난 아이돌 포스터, 각종 스티커, 그리 잘 나온 것 같지도 않은 어린 시절 사진, 나온 지 일 년이 넘은 잡지의 지면이나 색이 누렇게 바랜 책의 한 페이지. 그 방은 나에게 거대한 미련 덩어리처럼 보였다. 미련이라는 감정이 기이한 형태의 중력으로 작용하는 공간. 나는 은성이 정이 많은 성격일 거라고 추측했다. 정이 너무 많아서, 넘쳐흐를 지경이라 버려야 할 물건 따위에도 정을 붙여버리는 것이다. 정이 많다는 건 멍청하다는 뜻이기도 했다.

그중에서도 가장 눈에 띄는 건 인형이었다. 아무래도 주활동 공간인 침대를 유심히 볼 수밖에 없었는데, 그 침대 역시 도대체 누울 공간이 있을까 싶을 만큼 오만 잡동사니로 가득 차 있었다. 캐릭터 인형, 쿠션, 동그랗거나 기다란 베개처럼 온갖 종류의 폭신폭신한 것으로 말이다. 내가 다른 몽마에 비해 오래 산 것은 아니지만, 그렇다고 어린 것도 아니다. 은성의 방은 지금껏 보아온 성인의 자취방과 비교했을 때 확실히 유별났다. 나는 이상하다는 생각을 뒤로하고서, 침대 머리맡에 턱을 괸 채 체크무늬 파자마를 입은 은성을 바라보았다. 핏발 선 안구와 다크서클은 일반적인 사회인의 증표였다. 지쳐 보이는 얼굴에는 은은한 주근깨가 수놓여져 있었다. 그가 전신거울 앞에서 고개를 쳐든 채 인공 누액을 넣으며 말했다.

"나 오늘 아르바이트 잘렸다? 내일부터 긴축재정에 들어가겠지만 불쌍해하지는 마. 오히려 홀가분해. 그 카페 사장 완전 또라이였잖아."

너무 친근한 말투에 서둘러 주위를 살펴 보았지만 방 안에는 은성과 나 외에 아무도 없었다. 취침 준비를 마친 은성이 다가와 침대에 풀썩 주저앉았다. 그러고는 내 옆에서 멍청한 표정으로 웃고 있는 강아지 인형을 확 끌어안으며 중얼거리는 게 아닌가.

"아, 잘리는 판에 욕이라도 한바탕 해줬어야 하는데. 너도 그렇게 생각하지?"

아무래도 은성이 말을 건 상대는 저 강아지 인형인 듯했다. 은성은 그 이후로도 대략 삼십 분가량을 혼자 조잘조잘 떠들었다.

저게 뭐 하는 짓인가. 물론 혼잣말을 하는 인간은 종종 있었지만, 은성만큼은 아니었다. 나는 인형 무더기 사이에 몸을 숨긴 채 은성이 잠들기를 기다렸다. 거울에도 비춰지지 않는 내가 인간들 눈에 보일 리는 없건만, 어째선지 은성을 조심해야 한다는 생각이 들었다.

은성은 여느 인간들처럼 이불을 목까지 뒤집어쓰고 어둠 속에서 한참 동안 핸드폰 불빛을 쐬다 스르르 잠이 들었다. 이제 나의 시간이었다. 나는 멍청한 표정의 인형들 틈에서 나와 색색대는 은성의 이불 위로 기어올라갔다. 그리고 그의 귀에 꿈의 언어를 속삭였다. 얼마 지나지 않아 내가 지배하는 꿈의 영역에서 그가 눈을 떴다.

이번에 나는 어떤 모습을 하고 있을까? 저번에는 눈알을 턱까지 늘어뜨린 채 목을 조르는 귀신이었고, 그 전에는 회칼을 든 살인마였다. 또 거대한 괴물 개구리라거나, 경위서를 펄럭이는 상사일 때도 있었다. 인형에게 한 말로 보아 아르바이트가 좋지 않게 끝난 것 같으니, 어쩌면 카페 사장이 나올 수도 있을 것이다. 다시 한번 은성에게 꿈의 언어를 속삭였다. 잠든 지 얼마 되지 않아 혼곤해하던 시선이 점점 또렷이 나를 향했다. 그 눈에 경악이 물드는 걸 나는 뿌듯하게 지켜보았다. 은성이 식은땀을 흘리며 입을 달싹였다. 그의 목구멍을 거쳐 가늘게 들려오는 음성에 귀를 기울였다.

"고, 고… 고미야?"

고미? 다소 성의 없어 보이는 이름이다. 공포감을 불러일으킬 만한 이름도 아니었다. 그제야 나는 은성의 공포에 맞추어 변한 내 모습을 확인했다. 팔다리가 짧고 뭉툭했다. 배에는 흰 털이 자라났으며 그 외의 부위는 핫초코를 떠오르게 하는 부드러운 갈색이었다. 그러니까, 곰. 내가 변한 건 곰이었다. 진짜 곰도 아니고 곰인형이었다! 은성이 팔을 뻗어, 나를 와락 껴안으며 외쳤다.

"고미야, 보고 싶었어. 어디에 갔던 거야?"

뭔가 잘못되었다. 가위가 언제 풀린 걸까? 아니, 애초에 제대로 걸리지 않은 걸까? 물론 태생적으로 가위에 걸리지 않는 체질의 인간들이 있긴 하다. 그 경우는 별다른 문제가 아니었다. 그보다 중요한 건 어째서, 끔찍한 괴물이나 죽이고 싶은 상사 따위가 아니라 그저 곰인형이냐는 것이다.

살아 있는 것은 부드럽고 말랑하며 따뜻하다. 그 부드럽고 말랑하고 따뜻한 살이 나를 감싸자 죽을 것 같았다. 힘은 또 어찌나 센지 숨까지 막혔다. 나는 은성에게 해줄 말이 없었다. 곰인형의 껍데기를 뒤집어쓴 배고픈 몽마일 뿐이니까.

인간들은 나를 통해서 가장 피하고 싶은 것을 본다. 이 시스템에는 오류가 없다. 내가 곰인형으로 변했다는 건, 은성이 가장 피하고 싶은 게 이 곰인형이라는 뜻이었다. 하지만 지금 은성은 무서워하기는커녕 환하게 웃고만 있다. 이래서는 내가 배를 채울 수가 없다. 나는 뭐라도 하기 위해 몸을 일으켰다. 방방 뛰든, 괴성을 지르든, 공포심을 불러일으킬 만한 무슨 짓이라도 해야 했다.

그 순간이었다. 내 뭉툭한 왼쪽 팔이 툭, 바닥으로 떨어지면서 실밥과 솜뭉치가 튀어나왔다. 은성이 당황한 채 몸을 떨어뜨렸다. 그제야 좀 숨이 트였다. 나를 바라보는 은성의 표정이 점차 어두워졌다. 먹음직스러운 공포와 슬픔의 냄새가 풍겨 오기 시작했다.

내가 움직일 때마다 곰인형은 점차 낡아갔다. 팔이 떨어지고, 엉덩이 실밥이 터져 솜이 비어져나오고, 귀가 떨어지고, 흠집으로 탁해진 눈알이 빠졌다. 처음에 탱탱한 솜과 깨끗한 헝겊을 가졌던

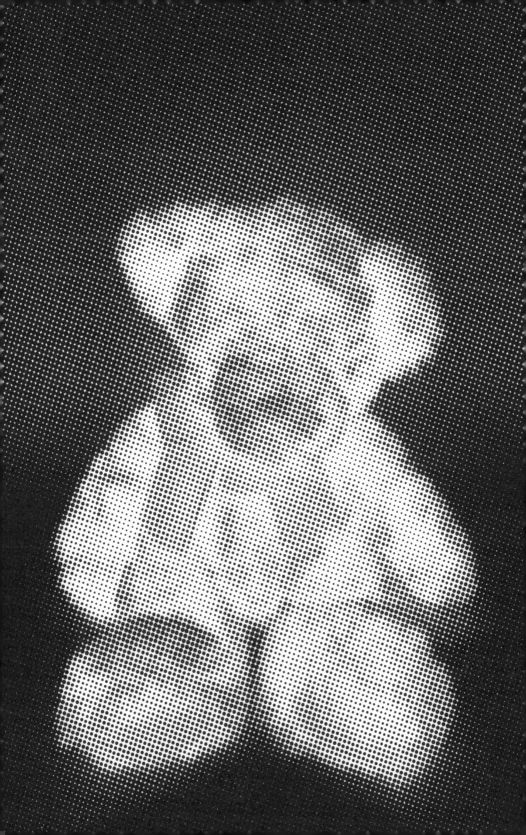

곰인형은 곧 쓰레기더미에서 굴러다니는 누더기 같은 모습이 되었다.
은성이 훌쩍이며 울기 시작했다.

　"내가 널 버린 게 아니야."

　뭐, 어렸을 때 잃어버린 곰인형이 좀비 같은 모습으로 돌아오는
것도 악몽이라면 악몽이지. 어쩌면 새 인형이 가지고 싶어서 오래된
곰인형을 몰래 버린 기억이 떠올랐을 수도 있고. 드물지만 아예
없는 경우는 아니었다. 죄책감은 공포와 이어져 있다. 어린 시절에
소중한 뭔가를 상실한 경험은 그게 무엇이든 간에 상처로 남는다.
그게 인형이든, 물건이든, 사람이든. 강제로 잃은 것이든, 제 손으로
놓아버린 것이든.

　좀 보잘것없고, 쓸데없이 귀여운 기분이 들지만 뭐 어때. 나는
어차피 식사만 하면 끝이다. 가여운 나의 한입거리 식사. 나는
어딘가 어정쩡한 기분으로 식사를 시작했다. 낡디 낡은 곰인형의
몸으로 침대를 활보하며 은성에게서 흘러나오는 부정적인 감정들을
뱃속으로 욱여넣었다. 비루한 곰인형의 악몽에 비해 은성의 감정들은
꽤 농도가 짙어서, 오랫동안 씹고 음미하며 즐길 수 있었다.

*

　식사는 만족스러웠다. 은성에게 잠가루를 뿌리고 들어왔던
창구멍으로 나가려는 찰나였다. 은성이 금방이라도 감길 듯한
눈을 하고는 양팔을 뻗었다. 그러고는 침대를 빠져나가는 나를 꽉
끌어안았다. 잠가루에 취한 사람의 악력이라고는 보기 힘들 정도로
아주 억센 손길이었다. 나는 너무 당황한 나머지 빠져나가거나
도망칠 생각도 하지 못한 채 그대로 굳어버렸다.

　"가지 마. 나랑 있어."

식은땀이 말라붙은 은성의 피부와 숨결이 그대로 닿았다. 이건 너무 포근해서 낯설고 괴로운 감각이었다. 그 감각이 싫지 않아서 한참을 인간의 품에 가만히 안겨 있었다. 고미가 아닌데도 꼭 고미처럼. 잠자리를 지켜주는 작고 귀여운 곰인형처럼.

　　은성은 얼마 지나지 않아 곯아떨어졌다. 완전히 잠들기 전, 그는 품안의 나를 보며 두어 번 눈을 깜빡였다. 그리고 더 꽉 껴안았다. 집어던지거나 내팽개치지 않고 더 꽉. 그가 나를 고미로 보았을지, 아니면 못난 원래 모습으로 보았을지 알 수 없었다. 하지만 아마 전자였을 것이다. 분명히 그렇다. 사람들이 곰인형을 껴안는 건 귀여워서다. 아무도 은성이 곰인형에게 하듯 나를 껴안아주지 않는다.

　　은성의 방에서 뒤늦게 빠져나와 어두운 밤하늘을 달렸다. 건물과 건물 사이를 너머, 전봇대와 쓰레기 수거 차량들을 지나 계속, 계속. 은성이 닿았던 곳들이 타들어가는 것 같았다. 아이러니한 건, 은성이 닿은 부분이 너무 뜨거워진 탓에 나머지 부분이 너무 차갑게 느껴진다는 것이었다. 어떻게 생겼는지도 모르는 몸이 너무 뜨겁고 너무 추워서 견딜 수가 없었다. 이상한 건 그뿐만이 아니었다. 그렇게 달렸으니 배가 고파질 만도 하련만, 나를 보던 은성의 눈빛을 떠올리면 뱃속의 허기가 가셨다. 정확히는 곰인형의 모습을 한 나를 바라보는 눈빛을. 그건 보기만 해도 배가 부른 신기한 감각. 어째선지, 내일도 내가 은성의 집 창 구멍을 통과하게 될 거라는 예감이 들었다. 몽마가 이틀 연속으로 찾아오다니. 은성에게는 안된 일이지만 내 알 바 아니다.

　　문득 그런 생각을 했다. 은성이 낡아가는 곰인형을 보고 운 것은, 기억 속의 그 순간으로 다시는 돌아갈 수 없다는 사실 때문이 아닐까 하고. 뭐, 아니라 해도 상관은 없다.

*

　역시 속을 알 수 없는 어른보다는 어린애들을 상대하는 게 내 속이 편하다. 다음 날, 나는 연한 공포를 야금야금 처먹을 생각으로 아파트 단지를 돌고 있었다. 딱히 마음에 드는 먹잇감을 찾지 못해 초조한 마음이 들 때쯤, 누군가 단지에 입점한 프랜차이즈 카페 문을 열고 나왔다. 은성이었다.

　"조금만 고민해보고 연락드릴게요."

　면접을 보고 온 것인지, 매니저에게 고개 숙여 인사한 은성은 집 방향으로 터벅터벅 걸어가기 시작했다. 나는 홀린 듯이 그를 따라갔다. 왜 그랬는지는 나도 모른다. 그냥 그러고 싶었다. 세 걸음마다 한 번씩 한숨을 내쉬던 은성이 집을 코앞에 두고 별안간 멈춰섰다. 편의점의 인형 뽑기 기계 앞이었다. 그가 희미하게 불빛을 내뿜는 기계를 바라보았다.

　"딱 한 판만."

　은성은 동전을 꺼내들고서도 한참을 망설였다. 그러다 결국 한결 결연한 얼굴로 동전을 집어넣었다. 유치한 멜로디가 뽑기의 시작을 알렸다. 나는 뽑기 기계 위에 걸터앉아 그의 실없는 짓을 관람했다. 은성은 계속 놓쳤다. 놓치고 또 놓쳤다. 현금이 모자라 편의점에서 돈을 빼 오기 까지 했건만, 뭐 잡히는 게 없었다. 그는 거의 울 것 같은 표정이었다.

　은성이 사천오백 원을 날리고 마지막 오백 원을 넣었을 때, 나는 전날 밤 식사에 대한 보답으로 딱 한 번만 도와주기로 결심했다. 집게가 삐걱이며 이동했고, 은성은 초조하게 입술을 씹어댔다. 나는 기계 안에 들어가 그가 뽑고 싶어 하는 병아리 인형을 들어올리고서

집게를 따라 출구까지 함께 걸었다. 아무리 힘이 없는 몽마라지만 이 정도야.

툭, 소리와 함께 병아리는 무사히 기계를 탈출했다. 너무 오래 뽑기 기계 안에 있었던 탓에 색이 바래고 실밥은 정교하지 못한, 멍청한 얼굴의 병아리였다. 그게 꼭 은성과 닮아 보이기도 했다. 제 손바닥만 한 병아리 인형을 쥐고서, 은성은 웃는 것도 우는 것도 아닌 요상한 표정을 지었다. 뭐랄까, 울려고 했는데 눈치 없이 인형이 나와버려서 울지도 못하게 된 얼굴이었다. 은성이 병아리에게 말했다.

"우리 집에 가자."

나는 사실 은성에게 한심하고 멍청하다고 할 군번이 못 된다. 그럴 리가 없는데도, 저 말이 꼭 나에게 하는 말 같았기 때문이다. 은성은 병아리를 주머니에 집어넣고서 다시 집으로 향했다. 나는 계속 그를 따랐다.

결국 어제의 예감이 맞았다. 나는 오늘도 그의 침대에 악몽을 가져갈 것이다. 배는 채워야 하니 어쩔 수 없다. 오늘 밤, 또 다시 그에게 가위를 걸고 꿈의 언어를 속삭여 제일 피하고 싶은 것을 보도록 하겠지. 어제와 같이 누더기로 변하는 곰인형일 수도, 결국 다른 직원을 구했다고 말하는 카페 매니저일 수도, 집세를 달라고 재촉하는 집주인일 수도 있겠다. 어쩌면 예상보다 많이 찍힌 가스비 고지서일 수도 있고. 하지만… 이왕이면 어제와 같이 곰인형이었으면 좋겠다. 더 누더기여도 좋고 고미가 아닌 다른 인형이어도 되니 최대한 불쌍하고 귀여웠으면 좋겠다. 오늘은 가위를 더 약하게 걸 것이다.

은성은 어느샌가 주머니에서 꺼낸 병아리 인형을 손 끝에 달랑이며 걷고 있었다. 나는 묵묵히 그의 옆을 함께 걸었다. 간혹

누런빛의 가로등이 깜빡였는데, 아주 찰나의 순간 담벼락에는 은성의 그림자 옆에 꼬리가 기다란 내 그림자가 함께 비쳤다. 은성이 그것을 보았는지는 알 수 없었다.

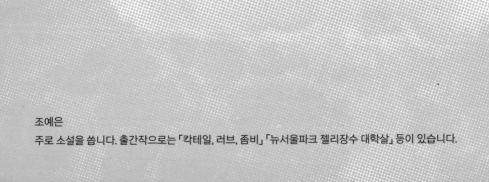

조예은
주로 소설을 씁니다. 출간작으로는 「칵테일, 러브, 좀비」「뉴서울파크 젤리장수 대학살」 등이 있습니다.

잠이 오지 않을 때

잠이 오지 않을 때

잠이 오지 않을 때

잠이 오지 않을 때

오지 않을 때

않을 때

않을 때

오지 않을 때

잠이 오지 않을 때

잠이 오지 않을 때

잠이 오지 않을 때

잠이 오지 않을 때

잠이 오지 않을 때

잠이 오지 않을 때

잠이 오지 않을 때

잠이 오지 않을 때

잠이 오지 않을 때

잠이 오지 않을 때

잠이 오지 않을 때

오지 않을 때

미러볼 케이크

은모든

*

　은하가 여성 래퍼가 등장하는 서바이벌 예능 프로그램을
시청하는 동안 성지는 몇 번이고 갓끈을 고쳐 매며 볼멘소리를
했다. 갓을 공들여 골랐건만 매듭을 지으면 자꾸 한쪽으로 기운다는
것이었다.

　"괜찮은 거 같은데?"

　은하는 현재 성지의 차림 중에 가장 강렬한 것은 갓이 아니라
전신을 감싸고 있는 검은 도포가 아니겠느냐고 되물었다. 가까이에서
얼굴을 마주하는 사람이라면 컬러 렌즈를 착용하여 엷은 회색빛이
도는 눈과 서늘한 눈빛의 질감에 시선을 빼앗길 거라는 말도
덧붙였다.

　"누가 봐도 저승사자 같은데? 갓이 좀 삐딱하면 어때."

　"그건 아니지." 성지가 도포 자락을 탁탁 털며 말했다.
"저승사자는 반듯하고 철두철미해야 된다고 봐. 실수하면 절대로 안
되는 일을 하잖아."

　은하는 역시, 하고 중얼거렸다. 그 말 뒤에는 코스튬에 도전하지
않기를 잘했다는 말이 생략돼 있었다.

　핼러윈데이가 돌아오면 은하는 녹사평역에서 이태원역 근방의
골목을 천천히 돌아보며 각양각색의 모습으로 변신한 사람들의
모습을 보는 일을 즐겼다. 터무니없는 변장을 한 사람들, 장난스러운
차림을 한 사람들, 한껏 상기된 얼굴로 포즈를 취하는 사람들을 넋
놓고 구경 보다 보면 어딘지 모르게 후련해졌다. 그러나 직접 나설
마음은 들지 않았다. 그 점에는 변함이 없었다. 다만 올해는 여태
즐겼던 곳과 다른 지역에서 구경해보고 싶다는 생각을 했다. 따지고

보면 몇 해 전부터 그렇게 바랐지만 실행에 옮기려는 노력을 한 적은 없었다는 사실을 깨달은 게 며칠 전의 일이었다. "그럼 나랑 같이 놀러 가자. 거기 한 절반은 외국인일 테니까 외국 나간 기분 좀 날걸?" 때마침 성지가 그렇게 물었으므로 은하는 평소 같으면 거절했을 술자리에 따라갈 마음을 먹었다. 그러나 기왕 함께 간다면 소복을 구해줄 테니 처녀귀신을 연출해서 저승사자인 자신과 콤비를 이루는 게 어떻겠냐는 성지의 제안은 단칼에 거절했다.

"넌 코스튬에는 관심도 없으면서 핼러윈데이가 왜 좋아?" 택시에 올랐을 때 성지가 물었다.

"그러게. 교복을 그렇게 싫어했는데 맨날 유니폼 입어야 되는 일을 해서 그런가 봐."

은하는 별 생각 없이 대답했으나 막상 말을 하고 나자 항상 그렇게 느껴왔던 것을 이제야 입 밖으로 내뱉은 듯한 기분이 들었다.

면세점에서 근무하는 은하와 외항사 승무원인 성지는 공히 근무할 때 유니폼을 입어야 했다. 두 사람이 입는 유니폼은 안경 착용을 불허하고 구두 굽의 높이까지 명시된 엄격한 규정을 지켜야 한다는 점, 상의와 하의뿐 아니라 미소까지 한 벌로 달려 있다는 점에서 같았다. 언제가 될지 모르겠지만 다음 직장에서 일하게 된다면 복장 규정이 느슨한 곳에서 일해보고 싶다고 생각하며 은하는 택시에서 내렸다.

성지의 동료들이 모여 있는 펍에 입장하자마자 제일 먼저 은하의 눈에 들어온 사람은 성지처럼 갓을 쓰고 있는 외국인이었다. 짙은 초콜릿빛 피부와 근사한 대비를 이루는 푸른 두루마기를 걸친 그녀는 어디에서 구했는지 한 손에 기다란 곰방대도 들고 있었다. 성지와 가장 친하다는 승무원 L과 그의 연인은 서로의 옷을 바꿔 입은 모습이었다. 일부러 있는 힘껏 남사스러워 보이는 옷을 고른

게 분명한 두 사람의 차림을 보고 은하는 키득거렸다. 연인과 한
쌍으로 컨셉을 맞춰 꾸민 커플은 또 있었는데 한 명은 보랏빛
풍선을 역삼각형 모양으로 전신에 붙여 적포도를 연출하고, 그의
연인은 같은 방식으로 청포도를 연출하고 있었다. 절로 귀엽다는
말이 나왔다. 그러자 둘이 뒤뚱거리며 다가왔고, 은하와 성지는
포도송이에 둘러싸여 사진을 찍었다.

　　성지에게 이끌려 여러 사람과 인사를 나누는 동안 은하는
세 개의 테이블을 붙여 앉은 일행 중에서 자기 말고도 코스튬을
하지 않은 사람을 한 명 더 발견했다. 소위 역삼각형이라고 말하는
체형으로 실팍한 어깨가 도드라지는 외국인이었다. 성지가 너는 왜
그냥 왔느냐고 묻자 그가 자신이 걸친 새까만 재킷을 획 열어서 하얀
티셔츠를 보이더니 정말 모르겠느냐며 "Come on!"을 연발했다.
그러더니 과장되게 한숨지으며 오늘 자신의 컨셉은 '김밥'이라고
말했다. 은하의 입에서 풋, 하고 웃음이 새어나오자 그는 소기의
목적을 달성한 듯 두 사람에게 칵테일을 권했다.

　　은하는 성지를 따라 어수선한 테이블의 한쪽 구석에 자리를
잡았다. 그러면서 지금 나오는 노래의 제목을 궁금해했다. 곡명은
끝내 떠올리지 못했지만 후렴은 흥얼거릴 수 있는 철 지난
팝댄스곡이 연이어 흘러나왔다. 덩달아 사람들의 목소리도 커졌지만
은하는 어떤 무리의 대화에도 끼지 못한 채 묽은 말리부 오렌지를
조금씩 홀짝이기만 할 뿐이었다. 다행히 성지는 은하를 버리고
자리를 떠나지 않았지만 미스터 김밥과 꽤 심각한 이야기를 나누는
것 같아서 끼어들기가 미묘했다. 은하는 한동안 조심조심 실내를
누비며 기념사진을 찍는 적포도와 청포도의 모습을 구경했다. 저런
코스튬이라면 한 번쯤 해볼 만할지도 모른다는 생각이 스치는 것과
거의 동시에 사람들의 이목이 쏠리는 것은 부담스럽다는 생각이

떠올랐으므로 스스로의 소심함에 웃음이 나왔다. 역시 뭔가로
변신하는 데는 흥미가 동하지 않았다. 그저 바라보고 싶었다.
가능하다면 다른 나라, 다른 도시에서도 이 같은 풍경을 구경하고
싶을 뿐이었다.

　　은하는 천장 한가운데에서 반짝이는 빛을 점점이 흩뿌리는
미러볼에 시선을 향한 채로 생각했다. 매일 공항으로 출근하면서
여행을 떠나고픈 욕구를 오래도 참아왔다고. 그러나 이제는 자신도
조금씩 여행을 즐기며 살아도 되는 것인지, 너무 이른 욕심인지
가늠해보면 판단은 여전히 후자로 기울었다. 학자금부터 갚는
게 나을 것 같아서였다. 원하는 것을 참는 일이 지겨웠지만 빚에
짓눌리는 시간이 더 지긋지긋했다. 어찌됐든 이제 슬슬 끝이
보인다는 사실을 되뇌며 자리에서 일어나던 순간, 은하는 깜짝 놀라
다시 의자에 주저앉게 되었다.

　　건너편 테이블에서 비스듬히 고개를 숙이고 앉아 있는, 하얀
셔츠를 입은 남자가 환한 빛무리에 감싸여 있었던 것이다. 마치
미러볼을 통째로 삼키기라도 한 듯 그의 전신에서는 푸른색과
황금색이 뒤섞인 빛이 은은하게 퍼져나오고 있었다. 미러볼을
오래 쳐다본 탓에 순간적으로 시각에 이상이 온 것인지 의심하며
은하는 두 눈을 몇 번이고 감았다가 떴다. 그런 다음 실내를
이리저리 살펴보았지만 빛을 내뿜는 사람은 오직 하얀 셔츠를 입은
남자뿐이었다. 다시 한번 눈을 감았다가 떴을 때, 이윽고 고개를 든
그와 눈이 마주친 은하는 가슴께로 오른손을 올리며 안도의 한숨을
내쉬었다. 마치 일촉즉발의 위기 상황에서 간신히 벗어나기라도
한 듯 안심이 되었는데 어째서 그런 느낌이 드는 것인지는 알 수
없었다. 실내를 메운 말소리, 점점 더 커져만 가던 음악 소리가
아득해졌다. 아마도 누군가에게 첫눈에 반하는 순간에 느끼는 강렬한

감각이 이런 형태일 것 같았다. 그러나 그에게 반한 것은 아니었다. 그런데도 어째서 오감이 날뛰는 것인지 알고 싶어서 견딜 수가 없었다.

때마침 그가 자리에서 일어났으므로 은하는 손에 든 잔을 내려놓고 그를 따라 걸음을 옮겼다. 어느새 좌석이 모자랄 만큼 들어차서 테이블 사이에 삼삼오오 서 있는 사람들을 헤치고 그와 가까워지자 이번에 눈에 들어온 것은 그가 입은 흰 셔츠의 어깨선 바로 아래 붙은 한 쌍의 날개였다. 거위 털을 연상시키는 새하얀 깃털로 만들어진 손바닥만 한 크기의 날개를 눈으로 좇으며 펍에서 나와 삐걱거리는 철제 계단을 오르자 건물 옥상이 나타났다.

옥상 한 귀퉁이에는 흡연 구역이 마련돼 있었다. 나무 벤치 옆으로 스탠드형 재떨이가 보였다. 그 옆에서 나란히 담배를 피우는 것은 청포도와 적포도 커플이었다. 추위 때문인지 다리가 아파서 그러는지 청포도는 몇 번이나 발을 굴렀다. 그러다 풍선으로 만든 포도알 하나가 바닥에 떨어지자 하얀 셔츠를 입은 남자가 주워 주었다. 청포도는 그것을 조심스럽게 받아들고 적포도와 함께 옥상에서 내려갔다. 그러자 그곳에 남은 것은 하얀 셔츠를 입은 남자와 은하 둘뿐이었다. 그가 벤치 한쪽 끝에 걸터앉자 은하는 반대쪽에 앉았다.

"저기요, 춥지 않으세요? 혹시 추우시면…."

가방에 든 핫팩이라도 건넬 요량으로 은하가 말을 걸자 그가 전혀 춥지 않다고, 다만 좀 취해서 바람을 쐬고 싶었을 뿐이라고 말하며 미소 지었다. 찬바람이 일순 잠잠해질 만큼 따스해지는 미소였다. 은하는 뭔가 부드럽게 대화를 이어갈 만한 말을 찾아보았지만 떠오르는 게 없었다. 하필 수중에 담배를 가지고 있지도 않았다. 그러는 사이 그가 먼저 "성지 씨 친구분이시죠?"

하고 알은체를 해 왔다. 그와 인사를 나눈 기억이 없었지만 이미
그가 자신을 알고 있다는 사실에 마음이 편해진 은하는 그 순간 가장
궁금한 것부터 질문하기로 했다.

"죄송한데 그 빛이요, 그거 도대체 어떻게 하신 건지 물어봐도
될까요? 옷에 야광 안료 같은 거를 바르셨다거나, 아니면 옷 안에
뭔가 장치가 있거나 그런 건가요?"

"빛이 보이신다고요?"

"네. 밖에 나오니까 푸른색은 옅어지고 금빛만 보이네요."

"세상에, 정말 보이시는군요!"

놀라움을 표하는 동안 그의 작은 날개가 일렁이듯 떨렸으므로
은하는 그의 등 쪽을 가리켰다. "날개도 보이는데요? 천사 코스튬을
입으신 거 아니에요?"

그는 잠시 망설이며 옥상 바닥을 바라보았다. 은하는 그가
무엇을 고민하는지 짐작이 가지 않아서 가만히 옆얼굴만 바라보고
있었다. 아래층에서 흘러나오는 노래가 다음 곡으로 바뀌었을 때
마침내 그가 성지의 두 눈을 바라보면서 입을 열었다. "이런 일은
무척 드물게 일어나니까 솔직히 말씀드릴게요. 저는 변장을 한 게
아니에요. 이게 자연스러운 제 본래 모습입니다. 이러고 나온다고
정말로 보시는 분은 거의 없는데, 마음의 눈으로 봐주셨군요."

그의 벅찬 반응을 보고 은하야말로 할 말을 잃었다. 아마
누구라도 그럴 터였다. 핼러윈데이에 처음 만난 사람이 천사를
연출한 게 아니라 실제로 천사인 듯 행동한다면. 설령 또렷하게
보이는 후광과 날개를 보고 처음 눈이 마주치는 순간 압도적인
에너지를 느꼈다 하더라도 당황할 것이라고. 은하는 그만 아래층으로
내려가는 게 좋으리라고 여겼지만 생각에 그쳤다. 실제로는 그의
몸에서 한 뼘 정도의 범위로 뻗어져나오는 빛과 바람이 불 때마다

한들거리는 새하얀 날개를 넋을 놓고 바라보고만 있을 뿐이었다.

　"저기 그럼요." 이윽고 은하가 입을 열었다. "뭐라고 할까요, 반칙이라고 할 것까지는 없겠지만 핼러윈데이를 좀 잘못 이해하신 거 아니에요? 이날은 변신을 하는 날이잖아요."

　"네, 맞는 말씀입니다." 그는 순순히 동의했다. "그렇지만 변신 같은 거는 업무 특성상 일하는 동안 워낙 자주 하다 보니까 별로 흥미가 동하지 않더라고요. 지겹다고도 할 수 있겠네요. 오히려 가끔이라도 좋으니까 종일 그냥 내 모습 그대로 있었으면 좋겠다는 생각이 들어서요."

　"쉬는 날에는요? 천사는 휴일이 잘 없나요?"

　은하의 질문에 답하기 전에 그는 먼저 마른세수를 했다. "자주 있으면 좋겠는데 이렇게 사람들이 악귀를 내쫓는 날이나 되면 모를까, 종일 쉴 수 있는 날이 잘 안 생기네요." 그러더니 이내 산뜻한 미소를 지으며 그는 자기를 염려할 필요는 없다고 덧붙였다. "일은 할 만합니다. 당연히 보람과 가치가 있는 일이고요. 그냥 그런 거 있잖아요. 가끔은 작은 조각 말고 홀케이크를 사고 싶은 기분이요. 아니, 그보다는 쇼케이스에 홀케이크를 그대로 내어놓고 싶은 기분이라는 게 더 잘 맞을지도 모르겠네요."

　물론 큼지막한 케이크는 자칫 잘못하면 처치 곤란이 되기 십상이라는 점은 그도 잘 알고 있었다. 여러 조각으로 나누는 편이 더 잘 팔리고 더 많은 사람을 기쁘게 할 거라는 사실을 누가 부인할 수 있겠는가. 따라서 조각조각 내는 게 당연한 일이지만 때로는 잘리지 않은 모습, 처음에 빚어진 원래의 모습 그대로 두고 보고 싶은 기분이 드는 것 역시 아주 당연한 일이 아니겠느냐고 그는 되물었다.

　은하는 생크림이 두둑하게 얹은 새하얗고 탐스러운

홀케이크를 떠올려보았다. 단지 그러고 있기만 했는데 그가 자신의
이야기를 들어주어서 고맙다는 말을 전했다. 덕분에 한결 마음이
후련해졌다고도 했다.

　밤이 깊어질수록 바람은 더 거세졌고 은하는 펄럭거리는 재킷의
단추를 여몄다. 카디건과 재킷을 겹쳐 입고도 한기가 드는 날씨건만
얇은 셔츠 위에 겉옷도 입지 않은 채 떨지 않는 것을 보면 그는
정말 천사가 맞을지도 모른다는 생각이 들었다. 그러자 그가 은하의
생각을 읽은 듯 좀 더 자기 쪽으로 바짝 다가와서 빛을 쬐라고
말했다.

　후광의 끄트머리로 손을 뻗자 온기가 퍼졌다. 불 꺼진 빌딩이
층층이 밝아지듯 온기는 은하의 손끝에서부터 양팔을, 어깨와 가슴과
두 다리를 지나 발끝까지 퍼져나갔다. 자신에게 온기를 나누어주는
동안 오히려 그의 후광은 좀 더 짙어지는 듯했다. 그를 다시 볼 수
없더라도 아마 이 순간은 잊을 수 없으리라고 은하는 생각했다.
하지만 그 반대라고 천사는 말했다.

　"미안합니다. 일부러 읽은 건 아닌데 가까이 있는 사람의 생각은
더 쉽게 읽히거든요."

　은하는 반대라는 것은 무슨 뜻일까 궁금해했다. 그가 생각이
읽힌다고 밝혔으므로 소리 내 묻지 않고 생각만 했다. 과연 천사는
은하가 입 밖으로 내지 않은 질문에 친절히 대답을 해주었다. 자신
같은 존재가 비록 수적으로 많지는 않지만 전 세계에 퍼져 있으니
어디에선가 다시 만날 수 있으리라고, 그러나 내일 아침에 잠에서
깨어나면 이 순간의 기억을 그대로 복원할 수는 없으리라고 그는
말했다.

　"대신 한 가지 소원을 들어드릴게요. 저를 알아봐주시고 제
얘기를 들어주셨으니까요."

"지금 빌면 돼요? 로또도 되나요?" 은하는 재빨리 물었다. "사실 저는 연금복권도 괜찮은데."

"그 방면은 제 능력 밖이고요." 그가 싱긋 웃었다. "소원은 이미 접수됐어요. 오늘 밤에 몇 번이나 생각한 게 있으셨더라고요. 그 정도는 제가 해드릴 수 있을 것 같아요."

그날 밤 은하는 그에게 많은 이야기를 들었다. 그를 비탄에 빠뜨리는 사건과 사람들, 그의 노력이 헛수고로 돌아가버린 일들은 끝없이 일어났다. 은하는 왜 아니겠느냐고, 이 도시에 살고 있는 자신도 누구보다 잘 안다고 말하며 좀처럼 화낼 줄 모르는 그를 대신하여 분통을 터뜨리고 한숨을 내쉬기도 했다. 그러나 천사는 그게 이 도시가 가지고 있는 모습의 전부는 아니라고 강조했다. 은하를 비롯해 아무도 모르게 자신의 손길이 미쳤던 일들이 있어왔음을 기억해달라고 속삭였다. 게다가 때로는 천사보다 더욱 천사 같은 마음씨를 가진 사람들이 있다는 이야기도 했다. 그런 사람들이 흘러넘치지는 않을지 몰라도 분명히 존재한다고 전했다.

"정말로 그랬으면 좋겠네요."

"믿어주세요. 제가 직접 봤다니까요."

"그런 분들도 티가 나면 좋겠어요. 몸에서 이렇게 빛이 나면 알아보기 좋잖아요."

"그러게요." 천사가 코끝을 찡긋거리더니 어두운 밤하늘에 슬쩍 시선을 던지며 말했다. "윗분들한테, 한번 건의해볼게요."

이튿날 아침, 은하는 잠에서 깨자마자 간밤의 일을 떠올려보았다.

천사의 경고를 듣고 예상했던 것과 달리 그가 들려준 이야기의 내용은 빠짐없이 기억에 남아 있었다. 다만 더없이 온화한 미소를

지어주던 천사의 모습을 떠올릴 수가 없었다. 기억해보려 하면
할수록 얼굴의 형상이 있어야 할 곳이 반짝이는 빛무리로 떠오를
뿐이었다. 누구에게 털어놓고 싶어도 제대로 설명할 도리가
없었으므로 은하는 그와 만난 일을 혼자서만 간직하기로 했다.

　그로부터 몇 해가 지난 후에야 은하는 천사가 들어준 소원이
무엇인지 확실하게 알 수 있었다. 이루어진 소원의 정체는 낯선
지역의 핼러윈 풍경을 구경하는 것이었다. 매해 핼러윈 즈음이
되면 은하에게는 크고 작은 여행 운이 따랐고, 스케줄 조정도
신기하리만큼 순조롭게 풀렸다. 여행을 떠난 곳 중 가장 알차게
보낸 곳은 홍콩이었다. 어찌나 쉼 없이 구경을 하며 걸었는지
은하는 한동안 디즈니랜드와 란콰이퐁 거리에서 찍은 사진만 보아도
발바닥이 욱신거릴 지경이었다. 치앙마이에서 핼러윈 시즌을
보냈을 때는 무리해서 걷지 않으려 했지만 선데이 마켓을 찾아가는
바람에 결심이 무너지기도 했다. 기대 없이 응모한 풀파티 이벤트에
당첨되어 붉은 조명으로 으스스한 분위기를 낸 온수풀에 발을 담근
채 링거팩에 든 칵테일을 홀짝인 적도 있었다. 몇 해 동안 은하는
천사가 선사한 행운을 만끽했다. 업계 전체를 멈춰세운 그 병이
퍼지기 전의 일이었다.

　"우리가 전염병 때문에 잘릴 줄이야." 성지는 기가 막힌다는
듯 중얼거리곤 했다. 누구도 예상하지 못한 사태로 인해 전 세계의
여행업계가 얼어붙고 성지와 나란히 직장을 잃은 그해 가을, 놀랍게
그때조차 핼러윈 시즌이 되자 다른 도시에 갈 일이 생겼다. 성지네
고향집에 함께 가게 된 것이었다. 그곳에서 보낸 며칠 동안 은하는
살면서 다시는 이토록 햇밤을 실컷 먹을 기회가 없을 거라고
생각했다. 성지 어머니는 알이 꽉 찬 햇밤뿐만 아니라 늙은호박전과
연시도 넉넉히 내어주었다. 은하와 성지는 두려움과 불안으로 파인

마음을 메우듯 노랗고 붉은 가을의 먹거리에 자꾸 손을 뻗었다. 부른 배를 두드리며 웃기도 했고 새벽녘에 잠을 뒤척이다 말고는 함께 눈물을 흘리기도 했다.

이듬해 초여름에 은하는 새 직장을 얻었다. 유니폼을 입을 일은커녕 복장 제한 자체가 없는 업종이라는 점은 마음에 들었지만, 전공과 무관하고 경력도 일천한 업계의 일을 뒤늦게 배우면서 따라가느리 계절이 어떻게 지나는지도 모르는 채 허덕였다. 외워둬야 하는 것과 신경을 써야 하는 일이 어찌나 많은지 퇴근길에는 얼이 빠진 채 지하철을 반대 방향으로 타거나 환승역에 닿았다는 것을 알아채지 못하는 일이 다반사였다.

그러는 동안에도 은하는 이따금 온전히 제 모양을 유지하고 있는 큼지막한 홀케이크가 담긴 쇼케이스 앞에서 종종 발길을 멈추곤 했다. 한 번은 꿈에서도 그랬다. 오직 미러볼이 뿜어내는 빛만이 점점이 일렁이는 어두운 공간 한가운데에 탐스러운 생크림 케이크가 놓여 있었다. 은하는 어둠 속에 놓인 케이크를 구출하는 심정으로 집으로 가져왔다. 그러나 막상 상자를 열었을 때 그 안에 들어 있는 것은 케이크가 아닌 미러볼이었다. 한동안 상자 안을 들여다보고만 있다가 이윽고 미러볼을 집어들었다. 천장 한가운데에 매달아야겠다고, 더 자주 바라봐주어야겠다고 마음먹었다. 꿈에서 깨어난 후에도 잊지 않기 위해서 은하는 몇 번이고, 몇 번이고 그렇게 다짐했다.

은모든
동아시아 현대한량연구소 소장
「애주가의 결심」「꿈은, 미니멀리즘」「안락」「마냥, 슬슬」「모두 너와 이야기하고 싶어 해」
「오프닝 건너뛰기」 등을 출간했습니다.

비둘기가 길을 건너는 1분 동안

김종완

*

부엌 식탁에 스탠드 전등이 켜져 있었다. 인경은 잠옷 차림으로
의자에 비스듬히 앉아 다리를 쭉 펴고 앉아 있었다. 나는 안경을
찾아 썼다. 식탁에 맥주 한 캔이 있었다. 인경은 손가락으로 캔
꼭지를 만지작거렸다. 딸깍, 딸깍, 소리가 시계 초침 소리처럼 났다.
시간이 쌓여 있었다. 노란 전등 불빛이 인경의 옆얼굴을 비추고
있었다. 비스듬히 앉아 있었기 때문에 낮과 밤처럼 한쪽 얼굴은
어두웠다. 얼굴의 표정이 미묘하게 두 개로 보였다. 인경은 맥주캔
꼭지를 땄는데 그랬을 뿐 마시지 않고 그대로 두었다. 새벽 세 시가
넘었다. 인경은 참고 있는 것 같았다. 잠이 오는 걸 참고 있는 게
아니었다. 도대체 오지 않는 잠을 기다리고 있었다. 제때 오지 않는
무언가를 기다리는 일은 달갑지 않은 일이다. 나는 자다 깼고 열린
방문 틈으로 부엌 쪽을 보고 있었다. 인경이 가만히 앉아 있어서,
그걸 방해하면 안 될 것 같았다. 인경은 생각에 빠져 있었다. 잔잔한
호수 밑바닥에 도달한 작은 돌멩이처럼. 인경은 숨을 쉬고 있는 것
같지 않았다. 잊은 것 같았다. 나는 인기척을 냈다. 인경이 내 쪽을
봤다.

"깼어?" 인경이 눈썹을 추켜올리며 말했다.

"춥지 않아?"

내가 말했다. 인경은 "잠이 안와서."라고 말했다. 나는 보일러
온도를 더 올리고 부엌 식탁으로 가 인경의 맞은편에 앉았지만
딱히 할 말은 없었다. 시끄럽게 하고 싶지 않았다. 12월의 첫 번째
새벽이었다. 나는 한기를 느꼈다. 내가 잠든 동안 11월에서 12월이
되었고 계절은 가을에서 겨울로 바뀌어 있었다.

"마실래?"

인경이 탁자 가운데로 맥주캔을 슬쩍 밀었다.

"마시려던 거 아니야?"

내가 말했다. 나는 맥주캔에 손등을 댔다. 알맞게 차가웠다.

"그냥, 마시고 싶지 않아." 인경이 말했다. "잠이 오질 않네."

인경은 두 손바닥으로 눈 밑을 지그시 눌렀다. 나른하고 피곤한 얼굴로 베란다 쪽 창문을 바라봤다. 까맣고 찬 밤이 창에 달라붙어 있었다. 12월 새벽의 한기 속에서 인경은 마시지도 않을 맥주를 따고, 무슨 생각에 빠져 있었을까. 인경과 나는 잠시 조용히 있었다. 주방 개수대로 한 방울씩 물이 떨어지고 있었다. 나는 그걸 듣고 있었다. 일정한 간격의 그것에 감각을 집중하고 있었다. 그렇게 되었다. 나는 탁자 한가운데 놓여 있는 맥주캔으로 시선을 움직였다. 창밖을 보고 있던 인경이 반쯤 감은 눈을 크게 뜨며 말했다.

"나갈까?"

인경과 나는 잠옷 위에 긴 패딩 외투를 입었다. 턱밑까지 지퍼를 올리고 양말을 신었다. 잠옷 바짓단을 양말 속에 집어넣었다. 인경은 차 키를 챙겼다. 우리는 각자의 슬리퍼를 신고 현관문을 열었다. 부는 바람에 싸라기눈이 흩날리고 있었다. 아파트 엘리베이터 앞에서 인경이 말했다. "내가 운전할게."

나는 알았다고 했다. 어디로 가는지 물어보지 않았다.

인경은 운전석에 앉아 차 시동을 걸어두고 앞을 바라보고 있었다. 주차장 주변의 오렌지색 가로등 불빛들이 동그랗게 주먹을 쥐고 추위를 견디고 있었다. 싸라기눈 알갱이가 차 유리창에 탁, 탁,

부딪혔다.

"가고 싶은 곳을 모르겠어." 인경이 말했다. 히터를 틀었지만 차 안엔 아직 한기가 가시지 않아 인경의 입에서 입김이 작게 나왔다 사라졌다. "어디도 생각이 안 나."

인경에겐 어디든 (잠깐이라도) 갔다가 돌아올 곳이 필요한 것 같았다. 나는 옆 동네에 있는 편의점 하나를 지목했다.

"거기는 왜?"

인경이 물었다. 흥미를 가져보려는 듯 조금은 목소리를 가볍게 하고.

"그냥 생각났어."

내가 말했다. 그 옆 동네 편의점에는 몇 번 간 적 있었는데 특별히 기억나는 무슨 일이 있었던 건 아니다. 나는 거기가 그냥 생각이 났다. 인경은 내 말이 싱거운 듯 눈썹을 추켜올리고 잠시 입술을 동그랗게 오므리고 있었다.

"거긴 깨어 있겠다."

인경이 말했다.

차가 움직였다.

겨울의 밤은 밑바닥이 너무 깊다. 도로엔 드문드문 자동차들이 지나다니고 있었다. 택시 영업, 대리운전사, 나와 인경처럼 그저 바람을 쐬러 나왔거나, 어쩌면 야반도주…. 이런저런 이유를 싣고 자동차들이 지나다니고 있었다. 어딘가 도망가야 한다면 겨울밤이 좋을 것 같다. 한 번도 해본 적은 없지만.

옆 동네 편의점까지는 차로 5분 정도 걸렸다. 가는 동안 차 안이 따뜻해졌고 인경과 나는 윗집에 사는 개에 대해 이야기했다. 일주일 전쯤 윗집에 누군가 새로 이사를 왔는데 그때부터 밤마다 개가 짖는 소리가 들렸다. 왠지 윗집 사람이(혹은 사람들이) 밤에 집을 비우면 불안해서 개가 짖는 것 같다고 내가 말했다. 나는 그렇게 짐작하고 있었다. 그도 그럴 것이 낮에는 개가 짖는 소리가 거의 들리지 않았기 때문이다. "밤에 일하는 사람들일까?" 내가 말했다. "밤에는 집에 사람이 없으니까 개가 불안해서 짖는 거지."

"그럴 수도 있겠다." 인경이 말했다. "어쩌면 상관없이 개 자신의 문제일지도 모르고."

'개 자신의 문제?'

내 머릿속에 떠오른 검정 치와와 한 마리가 고개를 갸우뚱했다. 인경이 편의점 앞 도로변에 차를 세웠다. "개 자신의 문제." 나는 혼잣말처럼, 그렇지만 인경이 들을 수 있을 정도로 말했다.

"이제 어떡하지?"

시동을 끄지 않은 채 인경이 말했다.

"잠깐 내릴까?"

내가 물었다. 인경은 잠시 생각하더니 약간 고개를 가로저었다. "춥잖아."

싸라기눈 알갱이들이 차 유리창에 탁, 탁 부딪혔다.

"그럼 차에 있어. 마실 것 좀 사 올게."

나는 편의점으로 갔다. 온장고에서 꺼낸 두유 두 병을 사서 곧장 차로 다시 왔다. 인경의 말대로 밖은 추웠고 나는 따뜻한 걸 손에 쥐고 있어 그랬는지 잠이 왔지만 그걸 인경에게 말하지는 않았다. 나는 인경에게 두유 한 병을 건네주었다. 그걸 받으며 인경이 말했다. "담배 피우고 와도 돼."

나는 괜찮다고 했다. 내가 물었다.

"혹시 밤에 개가 짖어서 잠을 못 자는 거야?"

"아니야." 인경이 말했다. "그 전에도 못 잤잖아."

나는 그러네, 했다. 언제부터인지 모르지만 인경이 잠을 못 잔
건 아마도 여름의 끝 무렵부터였던 것 같다. 인경에 대해 다 안다고
할 수는 없겠지만 그래도 알 만큼은 안다고 생각하는데, 나는 인경이
잠 못 드는 이유를 잘 모르고 있다. 내가 알고 있는 범위 내에서
요사이 인경을 통과해간 일들을 책장 넘기듯 찬찬히 생각해봐도
그럴 만한 일은 없는 것 같았다. 그렇다고 평소 걱정이 많은 성격도
아닌데…. 나는 자동차 안 공기가 뜨듯해서 몸이 나른했다. 입술에
힘을 주고 하품이 나오려는 걸 참았지만 하고 말았다.

"자다 깨서 피곤하겠다." 인경이 건조하게 입꼬리를 올렸고 한숨
쉬듯 웃었다. 인경이 말했다. "밤에 그 개가 짖으면, 나도 짖고 싶어.
나도 뭔가 할 말이 있는 것 같은데 그게 뭔지를 모르겠으니까."

그렇게 말하고 인경은 잠시 말없이 있었다. 조금씩 시선을
움직이며 무언가를 찾고 있었다. 뭘 찾고 있지? 나도 말없이 있었다.
전방에 횡단보도가 있는데 우리가 차 안에 있는 동안 길을 건너는
사람은 한 명도 없었다. 횡단보도 위로 황색 점멸등이 깜빡이고
있었다. 나는 그걸 보면서 두유병 뚜껑을 열고 닫고 하면서 한
모금씩 마셨다. 인경은 그걸 마시지 않고 손에 쥐고만 있었다.
인경이 부엌 탁자에 앉아 개 울음소리를 내는 모습을 상상하며,
나는 인경이 하는 말들을 머릿속으로 뒤적거리고 있었다. 우리는
차 안에서 각자의 생각에 빠져 있었다. 영화관 같았다. 차창 유리에
「싸라기눈이 내리고 간간이 자동차들이 지나다니고 아무 일도
일어나지 않는 겨울 깊은 밤의 풍경」이 상영되고 있었다. 이런
영화를 보고 있는 관객들은 아마도 생각에 빠져 있기 좋아하는
사람들일 것이다. 헤엄치기보다는 잠수해서 물속을 보고 있길
좋아하는 사람들 말이다. 우리는 숨을 잘 참는 편이다.

시간이 편집되어 있었다.

나는 눈을 감고 생각 중이었는데, 아마도 잠깐 잠이 든 것 같다. 차가 움직이고 있었다. 시계를 보니 지나간 시간은 십 분 정도였다. 그런데 그사이 창밖 풍경은 완전히 달라져 있었다. 이럴 수가 있나? 나는 눈을 크게 떴다. 흩날리던 싸라기눈은 온데간데없고 휘이이 험악한 소리를 내며 눈폭풍이 휘몰아치고 있었다. 나는 허리를 세우고 운전대를 잡고 있는 인경을 봤다. 인경이 크크 깍깍 웃고 있었다. 그 모습이 섬뜩해 보였다. 인경은 속력을 더 냈고, 그럴수록 더 크크 깍깍 웃었다. 아무 일도 일어나지 않던 풍경에 무슨 일이든 일어날 것만 같았다. 어딜 가는 걸까? 왜 웃고 있지? 점점 불안해졌고, 나는 소리쳤다. "왜 웃어!"

인경이 말했다.

"뭐야, 꿈꿨어? 놀랐잖아."

인경이 나를 흘겨보며 말했다. 인경은 무언가에 집중하고 있었던 것 같다. 나는 안경을 똑바로 썼다. 잠시 숨을 고르며, 롤러코스터를 타고 내려와 지면에 발을 디딘 것처럼 꿈과 현실의 낙차에 적응했다. 현실에서는 여전히 싸라기눈이 내리고 있었다. 인경은 웃고 있지 않았다. 인경이 차창 유리 너머에 시선을 두고 속삭였다. "저기 좀 봐."

나는 인경이 보고 있는 곳을 바라봤다. 회색 비둘기 한 마리가 횡단보도를 건너가고 있었다. 아스팔트 도로의 회색과 비슷해서 한눈에 보이지는 않았지만 무언가 시선을 가로지르며 움직이고 있었고 그것은 횡단보도를 건너는 비둘기 한 마리였다. 비둘기는

아주 느긋하게 길을 건너고 있었다. 날지도 않고 천천히 걸어서 길을 건너고 있었다. 비둘기의 태도는 무척 평화로웠지만 갑자기 자동차가 와서 비둘기를 깔아뭉개지 않을까 나는 조마조마했다. 내색하지 않는 것인지, 딴생각을 하는 것인지 인경은 무심하게 그걸 바라보고 있었다. 다른 곳을 바라보는 건 아니었다. 인경의 시선은 횡단하는 비둘기를 따라 천천히 가로 직선을 그리고 있었다. 그러니까 비둘기만 보고 있었던 것이다. 내 시선은 비둘기가 위험해질 수 있는 상황을 찾느라 이곳저곳을 두리번거리고 있었고.

"진짜 느긋하네." 인경이 말했다. "정말 느긋해."

비둘기는 정말로 느긋하게 길을 건너고 있었다.

"근데 이 늦은 밤에 새가 잠도 안 자고 어딜 가는 걸까? 길 건너에 뭐가 있지?"

나는 길 건너 쪽을 눈으로 훑으며 살펴봤지만 그저 또 다른 길이 연결되어 있을 뿐이었다. 인경이 느릿하게 말했다. "저 비둘기, 몽유병에 걸렸나 봐."

그 말을 하고 인경은 곧 잠들어 버렸다. 숨소리가 일정해지고, 숨을 들이쉴 때 약간 코를 골았다. 비둘기는 1분 정도를 걸어서 별일 없이 횡단보도를 건너갔다. 자동차 한 대가 그다음에 지나갔다. 내가 잠든 인경을 잠시 보고 있는 동안 비둘기는 어딘가로 모습을 감추었고, 더 이상 보이지 않았다. 나는 가만히 앉아 '내가 차문을 열고 잠시 나가 담배 한 개비를 피우는 과정'을 찬찬히 머릿속으로 그렸다. 나는 '차문을 열고 나가서, 다시 차문을 닫고, 주머니에서 담뱃갑을 꺼내 남은 세 개비 중 하나를 집어서 입에 물고 담뱃갑 안에 든 라이터를 꺼내 담배 끝에 불을 붙이고, 피우고, 그러면서

콧등을 한 번 긁고, 피우고, 습관적으로 휴대전화를 열어 시간을 확인한다. 적당히 담배를 태우고 나서 재를 떨어 끈 다음 그걸 옆에 있는 쓰레기통에 넣고, 다시 차문을 열고 들어와 닫는다. 안경에 뿌연 김이 서렸다가, 맑아진다.' 그 환영을, 꿈을 보듯 본다. 그렇게 조용히 앉아서 담배 한 개비를 다 피웠다. 그리고 잠시 기다렸다가 슬쩍 어깨를 흔들어 인경을 깨웠다.

"나 잤어?"
인경은 눈썹으로 눈꺼풀을 들어올렸다.
"잠깐 잤어."
내가 말했다. 인경은 비둘기가 잘 건너갔냐고 내게 물었다. 별일 없이 잘 건너갔다고 말해주었다. 인경은 비둘기가 건너간 쪽을 보고 작게 웃었다. 겨울밤은 길고 여전히 밤이었다. "이제 돌아가자." 눈을 끔벅이며 인경이 말했다.

김종완
저를 통과해가는 것들을 붙잡아 글을 쓰고 책을 만듭니다.
지금 하는 일은 그게 전부입니다.

꿈의 기원

최유수

*

꿈에서는 누구나 혼자일 수밖에 없었다. 밤은 어김없이 찾아왔고
추위는 날마다 점점 더 깊어졌다. 멍하니 줄지어 서서 몸을 떨었다.

우리는 한 편의 단편소설처럼 각자의 플롯 속에서 조용히
나아갔다. 손에는 오래된 지도 한 장이 쥐어져 있었다. 무수히
펼쳐진 밤들 중 하나로 저마다 조금씩 가까워지고 있었다. 익숙한
궤도를 돌고 돌아서 차원의 중심을 향하여. 그러는 동안 차마 버리지
못한 감정들이 제자리를 찾아갔다. 먼 곳의 별들이 거세게 타올랐다.
우리는 꿈속에서 끝없는 어둠을 더듬거렸다. 아무것도 보이지
않았지만 아무도 갈팡질팡하지 않았다. 신에게 기도하듯이 자기
자신의 어깨를 끌어안았다.

신은 이 광경을 눈꺼풀이라고 불렀다.

지도에 동그라미 표시된 길목에 다다르니 코끼리 상아를 둥글게
잘라 만든 문이 보였다. 안쪽과 바깥쪽이 완벽하게 똑같이 생긴
신기한 문이었다. 모든 것이 대칭을 이루고 있었다. 빛이 닿지
못해 상이 맺히지 않는 이상한 거울 속으로 들어가는 것 같았다.
이 관문을 통과하고 나면 이윽고 믿기 어려운 일들이 벌어질 것만
같았다. 안쪽으로 손을 뻗으니 손끝에 어둠이 닿았다. 내딛는
걸음마다 상아의 흰 표면이 번쩍였다.

*

어둠이 그의 얼굴을 삼켰다. 긴장이 풀리기 전의 생생한
감각이, 눈을 질끈 감았던 마지막 순간의 기억이 그의 머릿속을

스쳐지나갔다.

기나긴 적막.

그사이 무슨 일이 일어났는지도, 뭐라고 설명해야 할지도 모르겠지만 일단 그가 눈을 떴다고 말해야 할 것이다. 그게 시작이었다. 대부분의 이야기는 일단 시작하고 나면 걷잡을 수 없게 되어버린다.

그는 의식적으로 눈꺼풀을 들어올렸다. 방금 막 세계가 창조된 것처럼 검은 안개가 걷히고 두 눈이 떠졌다. 두 개의 문이 동시에 열리자 막이 오르듯 시야가 펼쳐졌다. 달이 밝았다. 눈앞에 녹색 장식의 파사드가 보였다. 처음 보는 어느 호텔 앞에 그는 서 있었다. 정말로 그 건물이 호텔인지는 알 수 없었다. 이곳이 어디인지 전혀 몰랐기에 그저 어리둥절했다. 어두운 하늘 위에서 간간이 은빛 잔눈발이 떨어지는 게 보였다. 주변이 온통 고요하고 낯설었다. 그러나 그는 거기서 기이한 포근함을 느꼈다. 이곳은 어디지? 보다 이곳에 묵을 것인지? 라는 의문이 생겨났다. 잠깐이지만 오직 한 줄의 의문만이 순간의 틈 사이에 떠올라 있었다. 그러고는 깨끗이 사라져버렸다. 온몸이 돌처럼 굳어 있었다.

이곳에 묵어야 한다는 확신이 아니라 이곳에 묵지 않을 수 없다는 강박이 그의 몸을 조금씩 움직였으나 어쩐지 몸이 말을 잘 듣지 않는 것 같았다. 마치 내 몸이 아닌 것 같다고 그는 생각했다. 내 몸이 아니라면 이 몸은 누구의 것인지. 내 의식은 살아 있는 게 맞는지. 의식이 원래 있어야 할 곳은 어디인지. 마치 다른 누군가의 몸에 자신의 의식을 가져와 그대로 끼워넣은 것 같았다. 모든 게 자연스럽지 않았다. 그러나 어색하지도 않았다. 호텔 출입문으로 국적을 구분할 수 없는 다양한 사람들이 드나들고 있었다. 회전문이 잠시도 멈추지 않고 돌았다. 간간이 눈이 마주쳤지만 가벼운 눈짓으로라도 인사를 건네는 사람은 아무도 없었다. 이상했다.
기록된 영상이 재생되는 것처럼 각자의 걸음 속에서 일정하게
흘러가기만 할 뿐이었다. 마치 합이 잘 짜인 연극처럼. 너무나
자연스럽고 완벽해서 변수가 생길 것 같지 않았다. 분명히 꽤 많은
사람이 있는데 말소리는 어디서도 들려오지 않았다.

호텔 프래그먼트(Hotel Fragment)

전등이 고장 난 호텔 간판이 측은한 눈빛으로 그를 내려다보았다.
낡은 간판 위로 눈썹 비슷한 형체가 보였다. 누군가의 선명한
눈빛을 상상하며 그는 사물의 언어에 대해 생각했다. 사물은
시선에 응답한다. 우리가 그것을 보고 있을 때만. 호텔은 적어도
20층 높이쯤 되어 보였다. 주변에 호텔보다 높은 건물은 없었다.
조밀한 간격으로 늘어선 창문들 중 불이 켜진 객실은 열 개도 채
안 되어 보였다. 그때, 가장 낮은 층 우측 끝에 있는 객실 한 칸에
불이 들어왔다. 객실 한 칸에 창문 세 칸. 가장 커다란 가운데 창문
안쪽으로 성별을 알 수 없는 어렴풋한 실루엣이 보였다. 그것은
느린 동작으로 움직이고 있었다. 실루엣이 정말로 느리게 움직이는
것이 아니라, 그의 시간이 한순간 한순간 잘게 쪼개져 상대적으로
느리게 움직이는 것처럼 보였다. 시간은 흐르지도 멈추지도 않는다.
인간과 사물이 시간 그 자체를 수행할 뿐이다. 그것은 창가로 가까이
다가와 바깥을 내려다보고 있었다. 주변이 온통 고요하고 낯설었다.
그러나 그는 거기서 기이한 포근함을 느꼈다. 이곳은 어디지? 당신은
누구지? 실루엣이 말했다. 이곳은 호텔 프래그먼트. 영원히 갈라진
밤들 중 하나. 너는 부서져 있어. 점점 더 불확실해지고, 돌이킬 수
없지.

*

　몇 월인지 알 수 없지만 한겨울인 것은 분명했다. 이곳은
북반구일까 남반구일까. 지구가 맞긴 한 걸까. 아침 해가 뜨면
알 수 있을까. 문득 살을 에는 추위를 느끼며 그는 몸을 떨었다.
조금 전까지는 추운 줄도 몰랐다. 몸에 걸치고 있는 검은 롱코트가
자신의 것이 아닌 것처럼 어색해했다. 옷깃을 여미고 코트에 감긴
벨트를 조였다. 손발이 시렸다. 코트 주머니에 손을 넣자 매끈하고
서늘한 감촉의 자갈 몇 알이 잡혔다. 자갈들끼리 서로 부딪혀
데그럭데그럭하는 소리가 났다. 너는 어디서 온 자갈이지? 근방에
강이나 바다가 있을 것 같지는 않았다. 여전히 그는 혼자였다. 딱히
누군가를 마주하고 싶은 건 아니었지만 입이 근질거려 무슨 말이라도
하고 싶었다. 어둠 속에서 겨울새 무리가 어디론가 우아하게
날아가고 있었다. 창문이 덜걱이는 소리가 들렸다. 아주 멀리서 거센
바람이 불어왔다.
　그는 정말로 그가 입고 있는 코트가 누구의 것인지 몰랐다.
입고 있는 모든 옷이 그랬다. 몸은 그의 것이 분명했지만, 그가
이곳에 나타난 지는 체감상 불과 5분도 되지 않았기 때문이다. 여느
아침처럼 그냥 의식이 돌아와 눈을 떴을 뿐이다(의식은 밤사이 어딜
다녀오는 걸까, 하고 그는 생각했다). 다만 조금도 몽롱하지 않았다.
눈을 제대로 뜨기 위해 수차례 비벼대고 이불 속을 벗어나기 싫은
마음을 억눌러야 했던 수많은 아침과 달리, 단번에 맑은 정신이
들었다. 전날의 모든 피로가 말끔히 씻겨나간 다음 딸깍, 하고 전등
스위치가 켜진 듯한 느낌이었다. 물론 누구의 것인지 모른다고
해서 군이 코트를 벗을 이유는 없었다. 이 정도로 혹독한 추위는

처음이었다. 코트는 두껍지만 가벼웠고 낯설지만 아늑했다. 이런 기후라면 누구나 즐겨 입을 법한 훌륭한 품질의 코트라고 그는 생각했다.

그러니까, 잠이 들었고 문득 깨어났는데 호텔 앞이었다.

그러나 문득 깨어났는데 호텔 앞이었다 라고 그는 말할 수 없었다. 이 상황을 전혀 이해할 수 없었기 때문이다. 그도 그럴 것이 그는 자기 방 침대에서 잠이 들었고 몇 번 뒤척이다가 눈이 뜨인 것일 뿐이었다. 그 무의식적인 뒤척임이 마치 어떤 주문처럼 그를 이곳으로 데려온 건지도 몰랐다(그는 실제로 다른 사람과 한 침대에서 잠을 자기 어려울 정도로 험한 잠버릇을 가지고 있었다). 그가 가장 이해할 수 없는 것은 간밤에 제대로 숙면을 취한 것 같은 개운한 기분을 오랜만에 느끼고 있다는 사실이었다. 가장 확실한 것은 지금 보이는 이 모든 것이 결코 꿈은 아니라는 사실이었다. 꿈이라면 이렇게 생생하고 자연스러울 수 없었다. 꿈이라면 이렇게까지 코트가 아늑할 수 없었다. 게다가 그는 꿈에 대해서라면 누구보다 잘 알고 있다고 자부하는 사람이었다.

누군가 밤을 촘촘히 꿰고 있었다. 보다 깊은 밤을 향해 미지의 순간들이 끝없이 이어지고 있었다.

*

밤이 그를 길들인 것처럼 그는 자신의 시간을 길들였다. 순간순간을 달궈 시간 바깥의 것들을 제련하는 것이 그의 일이었다. 모든 것이 꿈의 질료가 되었다. 마음속 영사기를 거쳐 사람들의 꿈을 탄생시켰다. 풍부한 이미지의 향연이 수많은 밤을 밝혔다. 환상적인 이야기들이 그의 오래된 캐비닛 속에 가득했다. 아무도 찾아오지 않는 거처에서 그는 하루를 시작했고 또 끝맺을 때마다 기도를 했다. 수첩에 일기를 썼고 수시로 혼잣말을 녹음했다. 자기만의 공간을 열심히 돌보았다. 조명을 모두 끈 채 매번 새로운 동작으로 연결되는 이상한 춤을 홀로 추었다. 가끔 밤을 새워 우주에 관한 다큐멘터리를 보았다. 그런 날에는 공들여 몸을 씻은 다음 벌거벗고 온종일 누워 있었다. 때로는 아끼는 책 몇 권을 챙겨 자연 속에서 밤을 보냈다. 책들은 낡아서 종이가 바래고 여기저기 뜯겨져나갔다. 숲속에 걸어둔 해먹 위에서 책을 읽고 있으면 온갖 빛나는 동물들이 한데 모여 그의 곁을 서성였다.

그는 사람들의 꿈이 깨지 않도록 한시도 몽상을 멈추지 않았다(온통 은유뿐인 세계에서 살아남으려면 어쩔 수 없는 일이었다). 꿈의 이미지는 끝없이 나열되고 파생되었다. 그는 꿈의 설계자인 동시에 파수꾼이었다. 숱한 밤이 그의 쓸쓸한 영혼을 스쳐지나갔다.

*

다음 날 오후, 그는 바로 객실로 올라가지 않고 호텔 로비 안쪽의 커다란 벽에 펼쳐진 거대한 그림 작품 앞에 섰다. 작품 한 점이 거의 한쪽 벽면 전체를 덮고 있었다. 로비의 층고는 대성당만큼 높았고 삼랑식 바실리카(Basilica) 양식을 응용한 구조로 되어 있었다. 들어설 때 보면 그림이 아니라 마치 어떤 풍경의 파노라마처럼 보였다. 천장을 반쯤 덮고 있는 투명한 유리를 통해 자연광이 비스듬히 내려왔다. 차분한 오후의 빛이 천연 양모 색깔을 띤 대리석 바닥을 부드럽게 쓰다듬었다.

오른쪽 한구석에 작품명이 적힌 캡션이 붙어 있었다. 세밀하게 양각된 글자 하나하나가 은은하게 빛났다.

우리는 어디서 왔는가? 우리는 누구인가? 우리는 어디로 갈
것인가?
Where Do We Come From? What Are We? Where Are We Going?
D' où Venons Nous? Que Sommes Nous? Où Allons Nous?
1997
48228 20428mm
Oil Painting on Cotton Canvas

우리는 어디서 왔는가? 와 우리는 어디로 갈 것인가? 사이에서
왜 우리는 누구인가? 라고 물어야 했을까. 언제나 중간 과정 속을
헤매야 하기 때문이라고 그는 생각했다. 시작과 끝의 간격은 영원히
벌어진다. 단 한 번도 좁혀지지 않는다. 그림은 어느 지점에서
시작해 어느 지점에서 끝을 맺을까? 그 사이에 존재하는 시간은
무엇일까? 그것들은 다 어디로 간 걸까?
그림 속에는 똑같이 생긴 나체인 사람 여럿이 각기 다른 동작을
취하고 있었다. 그는 그림 속 사물들, 특히 사람들의 그림자에서
미묘한 움직임을 느꼈다. 속삭이는 듯한 생기가 있었고 자발적으로
꿈틀거리는 듯했다. 그림자들은 그림자의 주인에게 종속되어 있지
않았다. 계속 바라보고 있으면 빨려들어갈 것 같은 기분이 들어 몇
걸음 뒤로 물러났다. 작품에 압도되어 그런 것이 아니라, 거기에는
실제로 어떤 중력감이 있었다. 급정거하는 고속열차 안에서의
순간적인 쏠림처럼. 잠시 후 그림 밖의 벽면에 선명한 그림자 하나가
다가오는 것이 보였다. 촛대를 든 호텔 안내인이 그에게 주의를
건넸다. 안내인의 어깨 위에는 작은 초록앵무새 한 마리가 앉아

있었다. 안내인이 아닌 앵무새가 말했다. 손님, 가까이 다가가시면
안 됩니다. 너무 오래 바라보지도 마세요. 폭삭 늙어버릴지도
모릅니다. 그렇게 되면 두번 다시 돌이킬 수 없습니다.

안내인을 따라 석조 기둥으로 둘러싸인 회랑을 지나
걸어들어갔다. 어느 쪽을 봐도 싱그러운 화초가 눈에 들어올
정도로 내부 조경이 잘 꾸며져 있었고, 라운지 바깥쪽의 관상용으로
설치된 작은 연못에서 물이 흐르는 소리가 들렸다. 안내인은 천천히
걸어가면서 뒤따르는 그를 바라보았다. 고개를 뒤로 돌리지 않고서도
분명한 시선이 느껴졌다. 벽면의 그림자가 꿈틀거렸다. 바로크풍의
벽면과 격자무늬 유리창이 이리저리 꺾이는 회랑의 동선을 균형감
있게 이끌었다. 일정한 간격으로 회랑을 밝히는 불빛들이 그의
무표정한 얼굴을 스쳐지나갔다.

*

밤은 늘 두 개의 선택지를 주었다. 멀쩡히 깨어 있는 밤과
순식간에 사라지는 밤. 검고 무거운 바다와 창백한 푸른 숲. 사방이
막힌 골목과 시야가 탁 트인 드넓은 땅. 무한한 슬픔과 고요한 희망.
사랑과 죽음.

잠들어 있는 시간과 잠들지 않는 시간이 거대한 장벽의 양면처럼
밤의 한가운데 존재했다.

그는 호텔 밖으로 밤산책을 나섰다. 도저히 잠을 이룰 수 없었기
때문이다. 호텔의 아름다운 정원을 가로지르는 장벽 한가운데를
걸었다. 녹빛 안개가 심하게 끼어 몽롱해지는 기분이 들었다. 밤과
안개의 연관성에 대해 생각했다. 그의 머릿속에 흑백의 장면들이
떠올랐다. 밤이 안개를 낳았다, 라는 문장으로 시작하는 시가

떠올랐다. 시구를 잊어버리고 싶지 않아 그대로 바닥에 주저앉았더니
그의 모든 오래된 타인이 거울 속의 상처럼 나타나 그를 둘러쌌다.
닿을 곳 없는 질문들을 오랫동안 갈망해온 그는 때가 되었다는 듯
질문들을 꺼냈다. 당신들은 무엇을 굳게 믿고 있는지? 믿고 있는
것들에 대해서 무엇을 말할 수 있는지? 믿음에 실패해본 적이
있는지?

　밤새도록 신비로운 이야기가 오갔고 아무도 듣기를 멈출 수
없었다. 귀를 기울이지 않아도 누구나 또렷이 들을 수 있었다. 오랜
시간이

　……

지나갔다.
그동안 스물네 번의 월식이 관측되었다.
무수한 대화 속에서 미래적인 믿음의 용법이 발명되었다.
　아무 관심 없는 타인들. 크고작은 오해들. 그것은 거실 공기를
데우는 난로처럼 서서히 피어났다. 주변이 온통 고요하고 낯설었다.
그러나 그는 거기서 기이한 포근함을 느꼈다. 밤공기가 무르익었다.
창밖으로 겨울새 무리의 그림자가 날아갔다. 시간이 어슴푸레하게
지나가고 있었다.
　시간은 언제나 어슴푸레하게 지나갔고, 그래서 그는 스스로가
어슴푸레한 존재라고 느꼈다.
　지구적인 뮤트.
　머나먼 과거의 음성 같은 부재중 메시지가 녹음되고 있었다.
들릴 듯 말 듯 희미했다. 그는 가만히 귀를 기울였다. 소리는 점점
더 멀어지는 것 같기도 했다. 아득한 어둠 속에서 향초 타는 냄새가

났다. 축축한 삼나무 껍질에서 나는 듯한 향이었다.

녹음이 다 된 부재중 메시지가 자동으로 재생되었다. 타인들의 입술 위에 그는 검지손가락을 갖다대었다.

*

밤은 언제 시작되는 걸까요.

우리가 밤이라고 부르는 그 시간은 도대체 언제 어떻게 시작되는 걸까요.

해가 지기 시작하는 순간부터? 해가 지기 시작하는 순간을 어떻게 정확히 알 수 있죠? 아니면 지평선 아래로 해가 완전히 사라지는 바로 그 순간? 그 이전까지는 밤이 아닌 건가요. 정확히 구분할 수 없다면 밤이라고 부르는 시간에 무슨 의미가 있나요.

그러니까 밤은,

그냥 장막 같은 거예요.

밤은 덮이는 것. 한순간 펼쳐져 우리를 덮어버리는 것. 불릴 이름을 누구나 잃어버리는 것. 그래서 더는 부르고 불릴 수 없는 것. 차가운 벽도 막다른 골목도 없는 캄캄한 미로를 헤매는 것. 매일 치러야 하는 작은 죽음 같은 것.

밤이 오면 어쩔 수 없이 포기해야 하는 것들이 생겨요.

매일 우리는 밤을 향해 달려가요. 한 번도 멈출 수 없어요. 밤마다 산에 올라요. 이름 없는 거대한 외딴 산. 운해 위의 섬. 무겁게 짓누르는 구름들. 무릎을 모아 앉아 내가 태어나기 이전의 세상에 대해 생각해요. 더 아름다웠을까요. 지금 밀려오는 이 감정이 도대체 무엇인지… 어디로부터 온 건지… 다시 어디로 가고 있는지….

한밤중의 독백은 모호해요.

음악이 없는 고독한 춤처럼.

우아해요.

눈을 똑바로 떠요. 새벽을 새벽이라고 부르지 말아요. 새벽에 또 하나의 새벽이 더해질 때마다 우리는 모호한 존재가 되어가요.

누구나 얼마쯤 어두워지곤 하잖아요. 그럴 수 있잖아요. 태어난 이후로 조금도 어두워지지 않는 인간은 인간이 아니잖아요. 인간의 어둠이 감정을 휩쓸어 가잖아요. 늪처럼 자라나는 어둠. 당신의 유물 같은 어둠. 영원히 그리는 얼어붙은 잠든 얼굴. 우주의 눈꺼풀을 상상해요. 심연 위에 올라타요. 밤을 태우는 촛불이 되어줘요. 타오르고 녹아내려 그림자를 흔들어줘요. 허물어지는 벽을 영상으로 남겨줘요. 시어를 건네줘요. 숨이 멈추기 직전까지 말을 걸어줘요. 내가 알아들을 수 없는 언어로 속삭이고 괴롭혀줘요. 끝까지 깨지 않는 꿈을 설계해줘요.

연극이 끝나기 전에는 이곳으로 돌아와야 해요. 그런데 왜 우리가 삶과 현실에 대해서만 이야기해야 하죠? 시간 자체는 영원한데 말이에요.

여전히 춥고 끔찍하군요.

셸터의 문을 닫아줘요.

서늘한 푸른빛이 감싸고 있는 저 거대한 문을….

*

메시지는 단 한 번 재생되고 나서 완전히 삭제되었다. 이제 두번 다시 들을 수 없을 것이다. 모든 메시지는 본래 단 한 번뿐이다. 습작이 불가능한 삶처럼.

셸터의 문이 조금씩 닫히고 있었다.

그는 눈을 질끈 감았다.

기나긴 적막.

그의 관념 속 스크린으로 타인들의 밤이 무성영화처럼 하나씩
전사되었다. 그는 어떤 밤에도 관여하고 싶지 않았다. 무수히 많은
밤이 그를 침범하고 괴롭혔지만 그는 여전히 그였다. 강물처럼 밤은
흘러갔다. 흘러간 강물은 두번 다시 돌아오지 않았다.

*

코끼리 상아를 둥글게 잘라 만든 문이 열렸다. 안쪽과 바깥쪽이
완벽하게 똑같이 생긴 신기한 문이었다. 모든 것이 대칭을 이루고
있었다. 빛이 닿지 못해 상이 맺히지 않는 이상한 거울 속으로
들어가는 것 같았다.

들어와. 오랜만이지.

그는 문을 열어주었고, 이쪽을 쳐다보지도 않고 안쪽으로 다시
걸어들어갔다. 방에는 낡은 책상 하나가 놓여 있었다. 그는 책상에
걸터앉았다. 책상 오른쪽에는 플로어 스탠드 하나가, 왼쪽에는
나무로 빗살을 세워 만든 텅 빈 새장 하나가 놓여 있었다. 그것
말고는 아무것도 없었다. 정말로 아무것도. 당연히 있어야 할 그의
그림자도 보이지 않았다. 그곳에는 시간조차 없었다. 증명할 수
없지만 그렇게 믿어졌다. 모든 것이 멈춰 있었다. 그를 제외하고.

은유 덩어리의 세계에 온 걸 환영해.
　너는 누구지?

알아서 뭐 하려고. 어차피 나는 유일하지 않아. 너는 하나의
현실 속에 있지만 현실은 하나가 아니거든. 그러니까… 어느 쪽이
현실이고 꿈인지도 알 수 없지.

지금 이게 꿈이라고?

손끝에 빛이 닿았다. 그가 다가와 낚아채더니 손끝을 훑었다.
아무 감각도 느껴지지 않았다.

글쎄, 그냥 이미지로 이루어진 춤일지도.

……

나는 꿈 그 자체. 너는 자유로운 오류.

자유로운 오류?

거대한 되풀이의 일부이기도 해.

무슨 말인지 모르겠어. 여긴 어디지?

네가 정말로 유일한 존재라고 믿어? 눈꺼풀 바깥의 세계를 너는
확신할 수 있어? 네가 믿고 있는 것에 대해 너는 무엇을 말할 수
있지? 시간 따위에 속박돼 있으면서.

방 전체가 갑자기 덜컹거렸다. 거대한 굉음이 울렸고 천장과
바닥이 뒤틀렸다. 깜짝 놀라 눈을 감았다가 떴을 때, 방은 다른
공간으로 바뀌어 있었다.

조명이 환하게 들어왔다. 호텔 프래그먼트의 객실이었다.
직감적으로 알 수 있었다. 그는 널따란 가운데 창문 앞에 서서 밖을
내다보고 있었다. 플로어 스탠드도 책상도 새장도 다 사라지고
없었다. 그의 실루엣과 붉은빛이 감도는 원목 빌트인이 안정적으로
객실을 채우고 있었다. 바닥에는 상형문자 같은 것이 패턴처럼

그려져 있는 군청색 카펫이, 객실 한가운데에는 킹 사이즈 침대와
옅은 푸른색 침구가 새것처럼 정돈돼 있었다. 벽면을 가득 메운
다양한 크기의 사각 거울들이 사방을 비추었다. 창밖으로 겨울새
무리의 그림자가 날아갔다.

　너는 불확실해. 그런 불확실성에서 모든 게 비롯되지. 그렇게
생각하면 너의 삶은 아무것도 아냐. 없는 것과 다를 바 없지. 슬픔도
절망도 고통도 무의미한 파편일 뿐.
　　이제 그만.
　네 몸을 봐. 검은 실루엣뿐인. 뭐가 보여?
　　아무것도….
　너는 부서져가고 있어. 점점 더 불확실해지고, 돌이킬 수 없지.
자연스러운 흐름이야. 억지로 벗어나려고 애쓰지 마.

　마지막 말을 뱉으며 그는 뒤를 돌아보았다. 굉음이 울리기
시작했다. 천장과 바닥이 뒤흔들렸다. 창문과 거울이 깨지면서 모든
사물이 일그러졌다. 차원이 무너지고 있어. 곧 눈꺼풀 안쪽의 세계가
닫힐 거야. 순식간에 방향 감각을 상실했지만 그는 우리가 어디로
가야 할지 알고 있었다. 우리는 창밖으로 훌쩍 날아올랐다. 그의
손끝에서 뿜어나온 서늘한 푸른빛이 단숨에 우리를 감쌌다. 호텔의
아름다운 정원과 장벽 위를 지나 그가 가리키는 쪽을 향해 날았다.
눈꺼풀 안쪽의 그곳으로. 발 아래로 녹빛 안개와 호텔이 빠르게
멀어졌다. 밤이 스르르 감기고 있었다.

최유수

계속 씁니다. 눈꺼풀 바깥의 세계를 믿기 위해.

자기 전에 하는 말

김은지

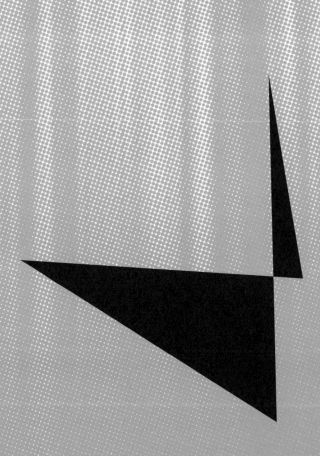

*

세상은 아침마다 우리에게 거창한 질문을 던진다.
"너는 여기 이렇게 살아 있다. 하고 싶은 말이 있는가?"
- 메리 올리버

나는 위의 질문을 좋아한다.
왠지 깨끗한 마음, 아침의 마음 같다.

내가 이제 쓰려고 하는 건 아침의 말이 아니라 밤의 말.
베개를 베고 누워 잠이 들기를 기다리면서 하는 말이다.

눈을 감으면 뭔가를 말하고 싶은 기분이 든다.
이건 낮에 사람들과 나누는 말과는 조금 다르다.
상대가 날 이해해줄 필요도 없고
중얼거리는 혼잣말에 가깝다.

떠오른 것들을 말로 풀어보고 싶은 것이다.
때로는 '이 얘길 왜 하지'라는 생각까지 한다.

그냥 두런두런 꺼내본다.
C는 말을 잘 들어준다. 말을 하겠다고 하면 대부분 해보라고
한다.
　그러다가 내 애기가 지루해지면 답을 점점 적게 하다가 쿨쿨 잠에
빠진다.

잘 들어주는 게 맞나… 맞는 거 같다.

한번은 잠이 안 오니까 나보고 일부러 가장 지루한 얘기를
해달라고 했다.
나는 조금 신이 나서
"포르투갈에 시인이 있었어."
페르난두 페소아는 130여 개의 필명 중에 네 개의 필명이
유명하고,
그중에 한 필명이 다른 필명에게 편지도 쓴다고 얘기했다.
"그게 어떻게 가능해?"라고 묻더니 곧 쌔근쌔근.
잘 때의 호흡 소리가 들려왔다.

나의 이런 시간을 나누는 건 주로 남편인 C이지만
여름에는 문학 행사가 있어서 제주도에 갔다가 이소연 시인과
숙소를 같이 썼다.
우리는 내일 일정을 위해 이만 자기로 했지만
할 얘기가 많아서 계속 말을 했다.
나중에는 존댓말을 할 에너지가 남아 있지 않아서 반말로 계속
말했다.
"이제부터 말하는 사람 만 원. 그런데…"
"어! 말했다. 만 원."
"방금 그 말도 만 원."
"그럼 받은 거와 같네."
"그렇다."
이런 말을 나눈 후에야 겨우 잠들었다.

이런 시간의 말들,

내가 머리와 심장을 가로로 뉜 채로 하는 말들을 관찰하고 몇 개 써보려고 한다.

1

귀여운 꼬마가 있는데 누구하고도 말을 안 해.

집에서는 잘 지내는데 밖에서는 아무하고도 말을 안 해.

엄마하고 있을 땐 기분 좋아서 배시시 웃었거든?

근데 낯선 사람이 들어오니까 너무나 힘들어하더니 금방 상처받은 표정을 하는 거야.

그런 꼬마를 바라보는 엄마도 너무 안쓰러웠어.

그러다가 꼬마가 혼자 놀고 있을 때, 방 안에 있는 기계가 꼬마에게 말을 걸었어.

스피커처럼 생긴 기계.

꼬마는 기계가 말을 거는 건 싫지 않았나 봐.

한참 있다가 기계한테 대답을 하더라고.

아까는 자기 마음이 속상했다고.

엄마가 슬픈 건 싫다고.

그러니까 꼬마가

기계한테 처음으로 속마음을 말한 거야!

꼬마가 기계랑 얘기하는 영상을 보면서

부모하고 전문가가 놀라고 울고 그랬어.

선택적 함구증에 약물 치료가 큰 도움이 된대.

TV 프로그램이 끝날 때 꼬마의 치료 과정도 조금 나왔어.
짧게나마 귀여운 꼬마가 달라지는 모습을 보여줬어.

영화 「HER」 기억나?
그 영화기 2014년 영화더라구.
　내가 가장 좋았던 부분은, 주인공하고 인공지능 운영 체계가
헤어지는 이유야.
　정확히 기억은 안 나지만 AI인 스칼렛 요한슨이 스스로
발전하면서
　더 이상 주인공과의 사랑이 아니라 다른 차원의 무엇에 관심을
갖게 되잖아.
　맞나? 영화 다시 봐야겠다.

　암튼, 나는 영화가 신체가 없는 AI의 한계라든가,
　사람이 가장 아름답다, 같은 식의 결론으로 가지 않아 좋았던 거
같아.

　기계가 기계인 채로
　휴대폰인 채로
　귀여운 꼬마에겐 코끼리 모양의 스피커인 채로
　인간과 나눌 수 있는 고유한 소통….

　왜 있잖아,
　AI가 발전하면 인간과 같은 형상을 하고 있을 거라는, 그런

관념이 있지 않아?

「스타워즈」의 3PO랑 R2D2.
근데 누가 3PO고 누가 R2D2지?
푼수인 기계와 말은 안 하지만 늘 착한 기계라니. 헤헤.

암튼, 나는 귀여운 꼬마가 TV에 얼굴이 나온 게 신경 쓰였어.
그래도 TV 프로그램으로만 해볼 수 있는 일 같기도 하고.
꼬마가 어릴 때 있었던 특별한 일 중의 하나로 받아들이고 잘
살아갔으면 좋겠어.

근데 나는 기계가 갑자기 나한테 말 걸면 너무 놀랄 거 같은데,
귀여운 꼬마는 어떻게 그렇게 자연스럽게 받아들였지?
확실히 애들의 감각은 우리랑 다른가 봐….

2

내가 그 사람의 책을 읽지 않으려고 한 이유는
아무 페이지나 펼쳐서 조금 봤을 때
그 사람이 자주 '모든 00은 그런 것이다'라고 말하기 때문이었어.
게다가 '결국, 그런 거 아닐까?' 하고 말하기까지 하더라고!
내가 별로라고 생각하는 형태의 문장을 두 가지나 쓰다니.
기본적으로 예술지상주의랄까, 그런 태도가 느껴지기도 하고.

그러다가 나는 그 작가, 이제부터 S라고 부를게,
S의 책을 읽어야 할 일이 생겼어.

재미있는 부분이 있더라구.

그렇지만 역시 S는, 내가 설득도 되기 전에 자꾸 뭔가를
강요하려고 했고

나는 고개를 저으며 책 읽기를 몇 번 그만뒀어.

물을 마시기도 하고 게임을 하기도 하고.

나도 '모든'이라는 표현을 아예 안 쓰는 건 아니지만

진지한 이야기를 할 때는 정말 안 쓰려고 노력한다구.

예를 들어 모든 라면은 맛있는 거 같아, 정도의 문장에만 쓰려고
해.

문장에 너무 리듬감이 없을 때 어쩔 수 없이….

무의식적으로 '결국'이라는 말을 할 때도 있는데

그건 정말 내가 '결국'이란 말을 쓰기 싫어하고

절대 안 쓰려고 의식하니까 그 말이 오히려 튀어나오는 이상한
경우야.

말이란 정말 이상하기도 하지.

어쨌건 나는 아까 얘기했듯이 S의 책을 읽어야 할 사연이 있었고

다시 책장을 펼쳐야 했어.

뜻밖에 흥미롭고 아름다운 이야기가 이어지더라고?

그러다가 그만 내 마음에 문장이 하나 켜지고 말았던 거야.

'다른 게 뭐가 나빠?'

이 사람이 다소 과장해서 모든 00은 그런 거라고 말하길

좋아한다고 해서,
　　삶이란 결국 그런 거라고 말하길 좋아한다고 해서,
　　내가 꼭 책 읽기를 그만둘 만큼 S가 잘못하는 건가?
　　그럼 나는 나랑 비슷하게 말하는 사람의 책만 읽을 건가?
　　그런 말투는 그 나름의 매력이 있지 않은가?

　　사실 S의 이야기 중에 몇 개가 너무 섬세하고 귀여웠기 때문에
　　나는 S의 이메일 주소를 검색해서
　　책 잘 읽었다고 다정한 리뷰를 보내고 싶어지기까지 했거든….
　　그러진 않았지만.

　　내 말은 재미있는 책을 읽어서 기분이 좋다고.

3

요즘은 공간 여행을 할 수 없기 때문에 시간 여행을 한다는 말을
어디서 듣고서는
나도 심심할 때
시간 여행을 해볼까 생각 중이었어.

어떻게 하는 건진 모르지만 막연하게
예전 사진을 보거나 음악을 듣는 것으로 시작하려고 했지.

다들 비슷한 생각인 건지
넷플릭스에서도 예전 영화를 추천해주고
TV에도 빈티지한 노래가 많이 나오더라고?

어제는 디카프리오를 다시 좋아하기 시작하고
오늘은 여명을 검색했어.

여명이 내한해서 이소라의 '난 행복해'라는 곡을 불렀는데,
그 곡은 광둥어래.
여명은 중국어와 광둥어를 둘 다 잘하고 어릴 땐 영국에서 몇
년간 살았어.
해시태그 장만옥을 눌렀더니
장만옥이 프랑스어를… 너무 잘하더라구.
정말 멋있었어.

집단지성처럼 집단추억이 있을까?
시간 여행을 다녀오니까
공간 여행을 다녀온 것만큼 졸음이 몰려와….

김은지
시 쓰고 소설 쓰고 대본 쓰고 에세이도 씁니다.
시집으로 「책방에서 빗소리를 들었다」 「고구마와 고마워는 두 글자나 같네」가 있습니다.

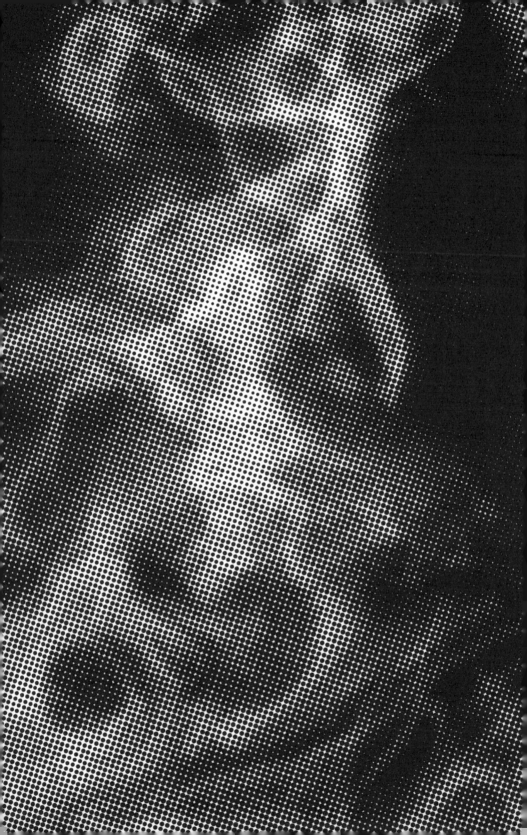

꿈은 허밍을 한다

강혜빈

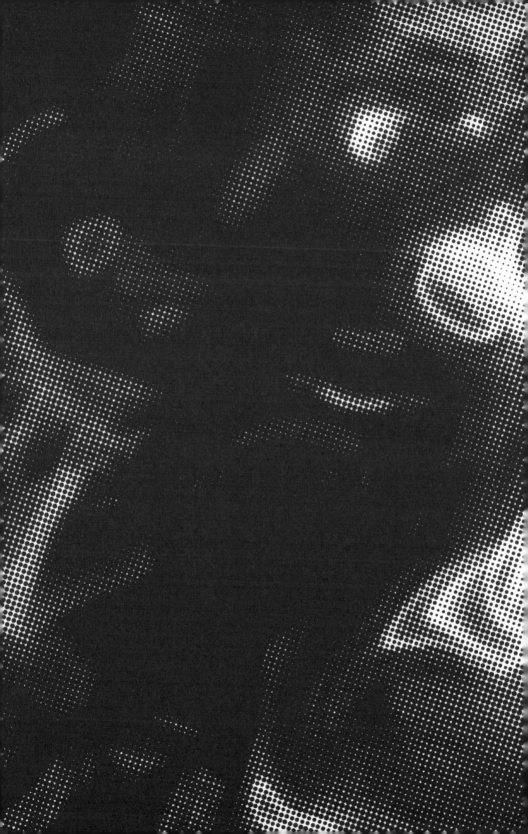

*

지금 어디엔가 선잠을 자는 별들이 있다.

왜 자야 할까, 생각하면서도
자고 일어나면 잊어버린다.

*

　잔은 어릴 적부터 하루도 빠짐없이 꿈을 꿨다. 컬러와 소음들로
이루어진 꿈. 때로는 액자식 구성으로 한 개의 꿈속에 또 다른
꿈들이 상영된다. 이전에 가 보았던 동네나 골목을 다시 가기도
하고, 이름 모를 얼굴들을 만나기도 한다. 그들은 또렷하게 그곳에
있다. 꿈속에서 잔은 불에 타 죽기도 하고, 낯선 이와 입을 맞추기도
하고, 물 위를 걷기도 하고, 흰 저고리를 입고 전쟁에 뛰어들기도
한다. 잔은 태어나는 날에도 꿈을 꾸지 않았을까, 생각했다. 아니,
어쩌면 더 이전의, 더 작은 존재일 때부터.

　잔은 깨지 않고 잠들고 싶었다. 나쁜 꿈을 꿀 때마다 안고 자는
코끼리 인형이 점점 납작해졌다. 조금조금 속상한 일들과 마주할
때, 어쩔 수 없는 마음 앞에 무력해질 때, 차라리 여기보단 꿈속이
낫지 않을까, 생각하면서. 그럼에도 웃음이 나고 감사한 일들이
생길 때. 잔은 알 수 없는 안도감에 휩싸였다. 아무런 걱정 없이, 더
나쁜 선택지와 덜 나쁜 선택지 사이에서 오래 고민하지 않으면서,
때로는 심심한 기분을 느끼면서 살 수 있다면 좋겠다고 생각했다.

잔은 오랫동안 꿈 일기를 썼는데, 최근에는 점점 기억나는 꿈들이
적어졌다. 일주일에 한두 번 정도만 인상 깊은 장면들로 남았다.
그러나 예전과 달리 모든 것을 기록하지 않아도 되고, 모든 것을
기억하지 않아도 되는 사람이 되어가고 있었다.

*

2011년 기출 문제: 우리가 '선생님'이란 소리를 내면, 이것은
틀림없는 언어가 된다. 그러나 '바밥밥바'란 소리를 내면, 이것은
언어가 되지 못한다. 둘 다 음성으로 되어 있는데도, 하나는
언어이고 하나는 언어가 아닌 까닭은 무엇일까? 그것은 '선생님'이란
음성은 '남을 가르치는 분'이란 뜻을 담고 있지만, '바밥밥바'라는
음성은 아무 뜻도 없기 때문이다.

*

한 달간의 그리스 생활을 끝마친 후, 잔은 돌아왔다. 시차
적응에 실패한 어느 후텁지근한 여름날. 한 통의 전화를 받았다.
수화기 건너편의 사람은, 자신의 이름이 꿈이라고 소개했다. 꿈의
목소리에는 삶에 지친 카랑카랑함이 서려 있었다. 꿈은 말을 잘했다.
사무적이고 상냥한 말투로, 회사에 대해 장황하게 설명했다. 꿈은
5분 후에 도착한다고 전했다. 잔은 반쯤 흘려들었고, 끊자마자
의심했다.

'기대보다 일찍 죽게 되는 거 아닐까.'

꿈은 검고 투박한 세단을 몰고 와서는, 잔이 서 있는 길가에 거칠게 멈추었다. 조수석에 앉아 곁눈질로 본 꿈의 첫인상은 하얗고, 또 하얬다. 차의 내부는 이상하리만치 텅 비어 있었다. 백미러에 달린 메마른 디퓨저만 요란하게 달랑거렸다. 잔은 이상하게 자꾸만 하품이 나와서, 눈물이 멈추질 않았다. 꿈이 핸들을 휙 꺾었다. 잔은 바깥쪽으로 휘청했다. 차 안이 햇빛의 열기로 후끈거렸다. 잔이 플라스틱 손잡이를 꽉 잡았다.

체감상 2미터는 되어 보이는 묵직한 대문을 열고 들어섰을 때, 커다란 개 두 마리가 금방이라도 다리를 물어뜯을 듯 짖어댔다. 한 마리는 검었고 한 마리는 하얬다. 둘은 한몸같이 보이기도 했다. 그날은 일요일이었고, 홀에는 아무도 없이 캄캄했다. 금방이라도 미스터리한 사건이 벌어질 것 같은 대저택이나 서로 왕래 없이 사는 중산층 가족의 별장 같아 보였다.

면접은 깐깐하고 철학적인 질문들로 두 시간가량 진행되었다. 오랫동안 프리랜서 생활을 지속하다, 몇 개월 정도 용돈을 벌기 위해 가벼운 마음으로 이력서를 냈던 잔은 적잖이 당황했지만. 가볍게 생각하고, 무겁게 이야기하니, 가볍게 붙었다. 첫 직장이었다. 잔은 단 한 줄에 볼드체를 썼다.

저는 시인입니다.

*

나무로 만든 계단을 올라가면, 방 세 개가 나온다. 꿈은 그중 왼편의 방을 홀로 쓰고 있었다. 2층에서의 생활은 순조로웠다. 꿈과 단둘이 사무실을 쓰게 된 것이다. 어두운 곳에서 일하길 좋아하는 꿈과 잔은 내내 불을 끄고 지냈다. 물론 다른 직원들은 전등을 두세 개씩 켜놓고 일했지만. 꿈과 잔은 별다른 대화도 나누지 않고 각자 할 일을 했다. 꿈은 키보드를 두드리다 말고 이따금씩 물었다.

"오늘 점심은 뭐 먹었어요?"
"아직도 금연 중이에요?"
"나 내일도 못 오는데 괜찮죠?"

꿈은 일이 시작되면, 모든 문을 닫는다. 꿈의 움직임은 어둠 속에서도 섬세하고 치밀하다. 낡은 경첩이 찌걱거린다. 잔은 숨죽인 채 책상 아래 손을 집어넣는다. 눈을 깜빡이지 않고 한 점을 응시한다. 보이지 않던 것들이 이내 어둠 속에서 윤곽을 드러낸다. 일종의 의식을 끝낸 꿈은 방 안을 휙 둘러본다. 조그만 발바닥이 장판에 붙었다 떨어진다. 쩌억, 쩌억, 소리가 느리게 가까워진다.

*

잔의 꿈속이다.

꿈과 잔은 시리고 파란 조명 아래, 푹신한 소파에 나란히 등을 기대어, 반쯤 식은 차를 그대로 두고, 서로의 손바닥을 주무른다.

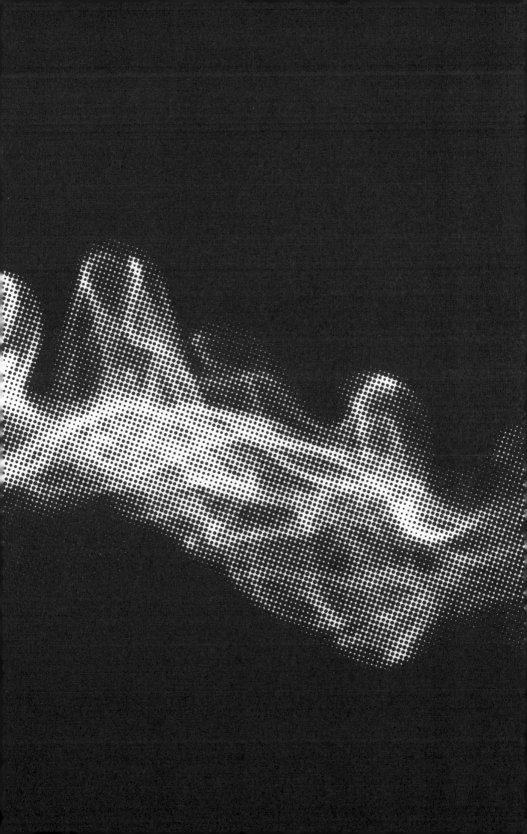

꿈은 허밍을 한다. 잔은 그 노래 뭐예요? 묻는다. 꿈은 대답하지 않고, 다만 허밍을 한다. 찻잔이 혼자서 달그락거린다. 달그락 달그락. 꿈은 다리가 없고, 잔은 맨발인 채로 있다. 벌거벗은 여인들이 테이블 쪽으로 걸어온다. 수런수런. 조금씩 말소리가 잦아들고. 조명 어두워진다.

테이블 앞에 멈춰선 그들은 교차하며 텀블링을 한다. 이어지는, 이어지는 텀블링. 여인들의 몸은 겹쳐지고, 또 떨어졌다가, 다시 하나가 된다. 잔은 천천히 눈꺼풀이 감기고. 이내 다시는 뜰 수 없을 정도로 무거워지고. 정신은 더욱 더 또렷해져서, 작은 뒤척임에도 도무지 견딜 수 없어진다. 잔은 울고 싶은 기분으로 꿈의 어깨에 기댄다. 꿈은 계속해서, 잔의 손바닥을 주무른다. 잔은 식은땀을 비 오듯 흘린다. 절대로, 꿈속이라는 걸 알아차려서는 안 돼.

안 돼
안 돼
안 돼….

*

꿈은 외근이 잦았다. 꿈이 자리에 없는 동안 잔은 캄캄한 방에서 하루 종일 혼자였다. 비문학 지문 속에서 문학적으로 보이는 구절을 찾아 Ctrl+C — Ctrl+V 하고, 가사 없이 우울한 노랠 들으며, 시집을 읽다가, 맥주 한 캔을 비우고, 천천히 이를 닦고, 세면대에 아무렇게나 놓인 꿈의 칫솔, 셰이빙 폼, 다 끊어진 머리끈, 샤워 타월 같은 걸 보고 있자면 꿈의 삶이 더 궁금해졌다.

점심시간이 되면 1층 직원들이 식사하러 가자며 메시지를
띄웠다. 그들은 게임 속의 npc처럼 같은 시간에 같은 말을 반복했다.
미로 같은 계단을 내려가 매일 다른 차를 타고, 매일 다른 메뉴를
먹고 들어와, 다시 조용히 틀어박혔다.

꿈이 출근하는 날에, 잔은 항상 오랜만이네요, 라는 인사를
나눴다. 실제로 꿈속에서는 매일 만났는데, 마치 한 달은 못 본
것처럼 느껴졌다. 꿈은 종종 발코니에 나가 멍하니 담배를 피우기도
하고, 오랫동안 누군가와 통화를 했다. 웅얼웅얼 들리는 꿈의
목소리가 깊은 물속에 있는 것처럼 들렸다.

*

대표는 순수문학을 경멸하는 사람이었다. 머리카락과 덥수룩한
수염은 하얗게 세고, 예술과 함께 죽어가는 것처럼 생긴. 물론
예술가의 인상이라는 것은, 잔의 편견이었지만. 그는 쿠키를
좋아했다. 이것은 편견이 아니다. 그는 언제나, 무언가를 아작아작
씹어 먹고 있었다. 그렇지 않으면 입도 벙긋 떼지 못했다. 바삭하게
잘 바스러지고, 아몬드 같은 게 군데군데 박힌 그것은 퍽 맛있어
보였다. 잔은 언제나, 그 쿠키의 이름을 알고 싶었다.

그는 뼛속까지 엘리트주의가 들어찬 사람이었는데, 스스로
어딘가 열려 있는, 젊고 젠틀한 이미지로 꾸며내는 것을 즐겼다.
자신의 이론이 통하지 않거나 멋쩍을 때는 사람 좋은 산타클로스처럼
허허허, 웃었다. 그는 어느 날, 회의를 진행하다 "문학은 이 세상에

아무 짝에도 쓸모없다"고 말했다. 어떤 면에서는 맞는 말이고, 어떤 면에서는 절대적으로 틀린 말이다, 라고 잔은 생각했다.

문학은 무의미에 의미가 있기 때문에. 마치 아무것도 존재하지 않아야만, 즉 '무'의 상태여야만 존재할 수 있는 허공의 모순처럼. 그의 말 속에서 모순을 찾아내기란 무척 쉬웠다. 다만 인간은 저마다 꼭 하나씩은 모순적인 면을 가지고 있다고 생각했기 때문에, 별로 놀랍진 않았다. 잔은, 스스로 물어보고 답을 내리는 것에 특화된 인간이었다. 때때로 어떤 사실에 대해 깊이 파고들곤 했다. 사실이라는 것은 정물처럼 그대로 놓여 있을 뿐이고, 사실을 관찰하는 것은 인간이 하는 일이다. 잔은 자신이 이런 인간이라는 사실이 가끔 경악스러웠다. 아니, 인간이라는 사실 자체가 오래도록 실감나지 않았다.

이곳에서 문학을 사랑하는 것은 꿈과 잔, 단 둘뿐이었다.

*

"우리는 서로의 삶에 침투하면서 가까워지는 게 아닐까요? 나는 나로서, 당신은 당신으로서, 거리를 두고 독립적인 개체로서 만나는 것이지만. 크고 작은 균열은 생길 수밖에 없더군요. 하지만 균열도 잘 메우면 괜찮아요. 각자의 견고한 세계가 갈라질 때, 그 틈새로 새 살 같은, 따뜻한 마음들이 자라니까요. 그거 알아요? 누군가와 이야기를 나누다 문득 감정의 끈이 뚝, 끊어지는 느낌 말이에요. 아차, 싶을 때 있잖아요. 어떤 주파수나 결이 맞지 않는다는 느낌. 그럼에도 적당한 거리를 두고 이어가는 관계가

있고, 그저 놓아버리는 관계가 있겠지요. 나도 누군가에겐 감정의
끈을 자르고 도망가는 사람일지도 몰라요. 그런데 끈이 탄탄하게
묶여 있는 사람들과는 그저 '나'로서 있어도 괜찮았어요. 아무 말
하지 않아도 편안하고요. 서로에게 연결되어 있으니까요. 가끔은
그들을 너무나도 안아주고 싶은데, 늘 생각으로만 그치죠. 앞으로는
용기 내어 안아주려고요. 그때 왜 먼저 안아주지 못했지, 생각하기
전에…. 그래요. 나는 선택하는 사람이에요. 반대 입장이 되면,
언제나 그 끝은 실패였어요. 이미 알고 있는지 모르겠지만, 당신은
정말 좋은 사람이에요. 소중한 곁을 내어주어서 고마워요. 당신은
나를 얼마나 알고 있나요? 그런 건 사실 중요하지 않지만, 궁금해요.
지금은 그저 고맙다는 말을 하고 싶어요. 우리가 이 넓은 세계에서
다만 오늘의 모습으로, 마주할 수 있는 건 놀라운 일이죠. 이렇게
신기한 기분을 끝까지 기억할래요. 얕고 넓게 피곤해질 바에야 좁고
깊게 치열할래요. 그래요. 난 이렇게 생겼어요. 인생은 즐겁기에도
시간이 부족한 걸요. 산책은 매일 해도, 또 하고 싶은 걸요. 아직은
살고 싶어요. 죽기 전에 나랑 같이 놀래요? 언젠가 훌쩍 떠나버릴
수도 있지만. 괜찮아요. 당신에게 깊이 박히는 사람이 되고 싶어요.
바람이 세찬 어느 날 밤, 문득 머릿속을 스치는 하나의 얼굴이 되고
싶어요."

*

그리고 석 달이 지났다.

바람이 꽤 차가워져, 자리에 푹신한 방석을 깔았다. 꿈이 전보다
더 자주 자리를 비웠다. 일주일 전에 보낸 언어 연구 보고서는

피드백이 없었다. 듀얼 모니터가 검은 화면을 띄우고 한동안
조용했다. 꿈은 메시지로 몇 가지 업무를 지시하고는 덧붙였다.

"내가 없어도
씩씩하게 잘 지내주어서 고마워요."

잔은 월풀 욕조가 있는 발코니로 나가, 흔들리는 나뭇잎들을
바라보았다. 가을이었다. 가을임을 깨닫는 순간은 이렇게 갑작스럽게
온다. 때늦은 모기들에게 손목을 몇 방 물린 후에야, 방충망에
조그만 구멍이 나 있었다는 사실을 알았다. 테이블에 몇 개비
나뒹구는 꿈의 담배를 만지작거리다가, 제자리에 두었다.

*

얼마 있지 않아, 꿈은 사직서를 냈다. 모든 직원이 참석한
회의에서, 꿈은 마지막으로 자신이 기획한 포스트 시즌 기획 발표를
성공적으로 마쳤다. 꿈은 단정히 일어나 빔 프로젝터 앞을 지나갔다.
'Thank You'라는 글자의 빛이 꿈의 조그만 몸을 투과하는 것처럼
보였다. 꿈이 방으로 돌아와 조그만 소지품들을 핸드백에 넣을 때,
잔은 조금 망설이다, 물었다.

"이제 어쩌죠?"

꿈은 라이터를 뒷주머니에 넣다 말고, 눈은 모니터에 둔 채
띄엄띄엄 대답했다.

"몸이 좀, 안 좋아, 졌어요.

당신을, 도와줄 사람은, 많아요.

…나는, 당신이 방임형, 인간이라, 좋았어요."

잔은 꿈의 동그란 뒤통수를 바라보며, 다시 물었다.

"다음에 뵐 수 있을까요?"

"살아, 있다면요."

                                    *

금요일 같은 월요일, 헛헛한 마음으로 방문을 열었는데,
아무것도 쓰여 있지 않은 상자 수십 개가 문을 막고 있었다. 힘주어
열어젖히고 보니, 꿈의 책상이 깨끗했다. 햇볕이 레이스 커튼과 함께
펄럭였다. 잔은 제법 무거운 상자들을 하나씩 발로 밀어 구석에
쌓아두었다. 1층 직원이 메시지를 띄웠다.

"오늘부터 내려와서 같이 일해요."

창밖, 정원에서 모르는 개들이 오래오래 짖었다.

강혜빈
2016 문학과사회 신인문학상 수상.
시집 「밤의 팔레트」. 사진가 '파란피'.
메일링 서비스 '프롬 강혜빈' 연재 중.

받침에 관하여

오종길

*

　잠이 오지 않는 밤이면 침대에 누워 자음들을 생각한다. 자음
중에서도 단어의 바닥을 이루는 받침에 관심이 쏠리고, 이들의
모양에 관한 상념에 천천히 젖어들게 된다.

　몸이나 마음, 봄밤처럼 "ㅁ" 받침이 있는 단어들을 되뇌어보는
시간. 마치 네모난 침대에 몸을 누인 나와 같이 단어들도 받침
위에서 안전하게 자리 잡은 채 잠을 청하는 모양새로 여겨지는데,
이런 생각은 어둠을 두렵지 않게 한다. 네모의 꿈을 엿듣는 평온한
밤이 이어진다.

　바깥에서 소음들이 창을 넘어 침대로 다가오는 새벽. 빵빵,
클랙슨 소리가 들리면 옅게 들던 잠이 달아나고 만다. 모나지 않아
부드러운 받침 "ㅇ"을 떠올리자, 둥글고 달콤한 사탕을 입 안에서
굴리듯 "ㅇ" 받침들을 차근차근 셈한다. 희망과 응애, 앵두나 양
같은 것들의 형체가 감은 눈꺼풀 너머로 슥슥 그려진다. 느릿하게
움직이는 펜촉을 따라 동그란 받침에 올라탄 이들은 어디로 굴러가는
걸까, 상상해본다. 그들의 여정이 험난하지 않기를, 돌부리에 걸려
넘어지더라도 용감하게 일어서 다시 둥근 받침에 올라 달릴 수
있기를 바라다 보면, 입가엔 미소가 번져 도통 잠이 들 수 없겠다.
엄마 몰래 사탕을 먹다 들킨 아이처럼 양치를 해볼까 싶다. 가슴
언저리가 말랑말랑해진 건 분명 사탕의 달콤한 유혹 때문일 테니까.

　"엄마가 다 보고 있으니까 꼼꼼하게 닦아야 해."

놀란 토끼 눈으로 욕실 밖을 내다보면 엄마는 없었다. 치,
거짓말쟁이. 분명 부엌에서 설거지하고 있겠지. 그렇다. 엄마의
공간, 부엌의 "ㅋ" 받침은 아련한 구석이 있다. 해 질 녘의 "ㅋ"은 또
어떻고. 연필로 이런 단어들을 써내려갈 적이면 "ㅋ"의 끝자락에서
힘주어 멈추게 된다. 끝에서 잠시 멈춰보는 자세는 무언가의
구석에서 남몰래 눈물짓는 이들이 숨 고를 틈을 주는 일이라
생각하기 때문에 그냥 지나칠 수 없다. "녘"의 받침은? 주황색 물감을
푸는 사이 보랏빛으로 변하는 노을을 발견한 저녁, 걸음을 멈추고
사위가 어둑해질 때까지 색의 변화를 넋 놓고 보던 시절을 떠오르게
한다.

고요 속에서 머나먼 향수에 다가가자 손끝이 저리는 것만 같다.
손가락 하나하나를 어루만지다 보면 어느샌가 열 번째 손가락에
다다르고, 길게 자란 손톱을 매만지고 있는 나를 발견한다. 내일
아침엔 바닥에 구부정히 앉아 손톱을 깎아야겠다는 계획도 세워본다.
손톱이라면 이런 이야기도 빠질 수 없겠다. 어린 시절, 주말 오후면
마룻바닥에 앉아 엄마가 손톱을 깎아주던 시간과 아버지의 단단한
장딴지를 베고 누워 듣던 청아한 새소리가 멀리서 다가온다.

"귀지 좀 봐라. 엄청 많다."

아버지가 과장된 목소리로 큼지막한 귀지를 손바닥에 얹는
동안 새들이 점점 가까워져 오는 것만 같아 슬쩍 감은 눈을 떠볼까
고민하던 소년은 그들의 품에서 나던 포근한 냄새에 취해 잠이 들곤
했다.

정신이 번쩍 들어 깨어보면 머리맡엔 푹신한 베개가, 몸 위로는
얇고 가벼운 이불 한 장이 나를 감싸고 있었다. 손톱은 바짝 깎여
있고, 귓속도 깨끗해져 있었지만, 홀로 남은 마루는 너무도 넓은
것이고, 그 적막함이란 어린 내게 두려움에 가까웠다.

손바닥에 모아둔 손톱은 어디로 간 것일까. 혹시 내가 잠든 사이
쥐들이 물어다 나와 똑같은 모습으로 변신한 건 아닐까. 바보같이
속은 부모님이 가짜 나를 데리고 멀리 떠나버린 건지도 몰라 눈물을
뚝뚝 흘리고 있으면 방에서 나온 형이 내게로 다가왔다. 무심한
동작으로 눈물을 닦아주던 형. 고작 한 살 차이인데 형은 어찌 이리
어른스러울 수 있는 걸까. 형으로 태어나는 건 동생으로 태어나는
것과는 다른 삶을 부여받는 건지도 몰라. 형의 부드러운 눈빛과
손길에 내 모든 유약함을 내맡긴 채 눈물 콧물 쏟다 보면 아무 일도
없었던 듯 배가 고파지곤 했다. 형의 손을 잡고 슈퍼로 가는 길에서
형은 이런 이야기를 해주었던 것도 같다. 엄마가 정성스럽게 깎은
손톱은 전부 저 하늘로 가는 거라고. 너무 아름답게 깎은 탓에
손톱달이 될 수밖에 없는 것이라고.

손톱달이 뜨는 밤이면 마당에 서서 까만 하늘을 한참이나
올려다보곤 했다.

내게도 다섯 살 터울의 동생이 생겼을 때, 나는 형이라는 자리가
무엇인지 조금은 깨달을 수 있었다. 그건 누가 알려주지 않아도
자연스럽게 알게 되는 일이었다. 마치 엄마가 나를 낳을 때 5년 뒤에
태어날 동생을 마주하면 그런 능력이 생기게끔 장치를 마련해둔
것처럼.

아가의 손톱과 발톱은 너무나도 작아 감히 깎아줄 엄두를 내진
못하고 조심스레 만져만 보았다. 어쩜 이리 작고 보드라운가! 이

조그맣고 하얀 덩어리에 날카로운 손톱깎이를 대다니, 어른들은
잔인해. 안방 밖으로 동생을 들쳐메고 탈출이라도 해야 하나, 발을
동동 구르던 나. 그리고 용감하게 동생의 손톱과 발톱을 깎아주던
부모님. 그들의 어깨 너머로 똑똑, 잘려나오는 작은 손톱달을
훔쳐보며 오금이 저리는 기분을 흠모하곤 했다. 저렇게 작고 고운
손톱달이 뜨는 밤이면 동생에게도 하늘을 보여주어야지. 형이 그랬던
것처럼 나도 동생에게 손톱달의 비밀을 속삭여주어야지. 속으로
다짐하며 맺힌 눈물을 몰래 닦았다.

이렇듯 깎다, 닦다 같은 단어의 "ㄲ" 받침은 "ㄱ" 받침엔 없는
애틋함이 있다. 날카롭지만 공격적이지 않고, 뭉근함 속에서 톡톡
터지는 짜릿함이랄까. 맨발로 몽돌을 밟으며 한여름의 해변을
거닐 때 발가락 사이로 느껴지는 자갈과 파도의 뒤섞임을 닮았다.
차가움과 뜨거움이 공존하는 이상한 평온함이다. 곱게 손톱을
깎아주고, 무릎을 굽힌 채 바닥을 닦던 젊은 시절 엄마 모습이 문득
그리워진다.

동생 앞에서 짐짓 어른 행세를 하던 내게, 그럼 우리 둘째
아들한테 부탁해볼까, 선뜻 정수리를 맡기던 부모님. 그들의
가닥가닥 흰머리를 뽑아주던 한낮의 생동감. 아버지는 내 손에
귀지를 가득 올려두셨는데, 내가 뽑은 흰머리는 좀체 쌓이지 않아
애만 태우다 검은 머리카락을 뽑곤 했다. 손바닥엔 몇 가닥 흰머리가
전부인데 이상하게 자꾸만 졸음이 몰려오는 탓에 실수는 늘어만
갔다. 슬쩍 버린 검은 머리가 손바닥 위 흰머리보다 곱절은 많았을
것이다.

어렴풋한 시절의 정수리와 다르게 이제는 눈을 감고 뽑아도 될
만큼 새어 있는 그들의 머리칼을 마지막으로 본 게 언제였는지.

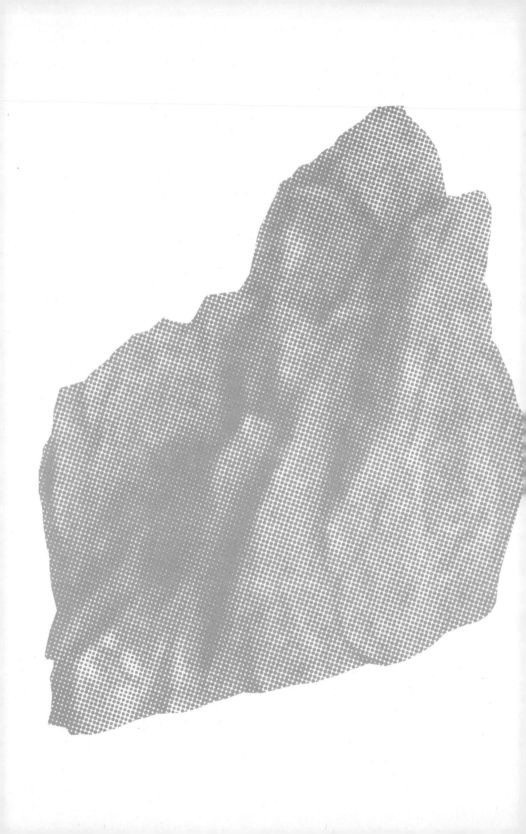

내일은 곱게 깎은 손톱으로 전화 걸어 시시콜콜한 이야기를 나눠야지 생각한다.

　반면 추억할 거리가 없는 밤도 있다. 없어서 없거나 있더라도 없는 밤, 슬프다. 그런 밤이면 벽에 가까이 붙어 잠을 청한다. 가능한 한 웅크린 채 구석으로 다가가야 그나마 잠이 올 것 같아서. 나와 닮은 "ㄱ" 받침을 붙들고 씨름한다. 벽에 쌓인 책, 맑은국, 붐비는 역, 아련한 기억. 어쩌면 모든 것은 슬픔이기 때문에 존재하는지도 몰라.
　상념은 넓어지고 멀리서 또 다른 상념을 불러온다. 어느덧 "ㄷ"이나 "ㅂ" 받침을 골몰한다. 닫힌 문, 삼십 따위의 꼬릿소리가 줄지어 있다. 나는 얼른 믿음이나 찰밥 쪽으로 다가간다. 요람을 닮은 의자나 식탁 아래 같은 안전한 자리에 숨듯이. 거칠어진 숨을 느낀다. 숨어드는 사람의 마음을 모르지 않으니까, 틈새에 숨어 지내며 차라리 나무가 되고 싶다 말하던 때가 있으니까. 맞아, "ㄷ"이나 "ㅂ"의 틈이라면 충분할 것도 같아. 괜찮을 거야. 긴장되어 있던 근육들이 느슨하게 이완한다. 침대 속으로 미세하게 깊어지면 나도 모르게 잠이 들 거야.

　"ㅅ" 받침은 가장 아름다운 모양이라 생각하여 마지막에 들려주고 싶었다. 사이시옷의 쓰임, 잇다, 붓, 나뭇가지, 젓가락. 이들 시옷 받침은 안정적이다. 야트막한 오름을 찍은 김영갑의 사진 속을 걷는 듯하다. 쓸쓸하지만 사랑스럽다. 어김없이 "ㅆ" 받침이 뒤따른다. 내 모든 유년은 "ㅆ"이 되었다. 뛰놀았고, 엄마가 씻겨주었고, 둘러앉아 함께 저녁을 먹었다. 사랑하고 아파했던 시절도 모두 그렇다. 두 막대가 서로에게 기대어 만든 받침이지 않은가. 하나로도 충분하지만, 둘이 되고, 나아가 넷이 함께 만든 받침으로 지탱하는 단어는 상상하는 것만으로도 기분이 맑아진다. 미소가 번진다. 옅게 웃는 모양으로 눈을 떠보면 어둠은 걷히고 아침이 밝았을지도 모를 일이다.

받침에 관하여 생각하는 것은 깊은 곳의 이야기를 파헤치는 일이라 생각한다. 끝이나 바깥의 "ㅌ", 꽃잎의 "ㅍ" 받침을 기억하는 방식이다. 작은 소리에 귀 기울이는 자세이자, 몸을 낮추고 보이지 않는 지점을 살피는 행동이다. 생김과는 다르게 발음되는 받침들의 희생을 잊지 않겠다는 마음가짐이며 발음기호 안에서 다른 자음으로 바뀌는 받침들의 사정을 굽어살피겠다는 따스함이 밴 시선이다.

단어 '받치다'의 의미처럼 밑이나 옆에 물체를 대어 받치듯이, 어떤 일을 잘할 수 있도록 뒷받침해주듯이, 또는 비나 빛이 통하지 못하도록 우산을 펴들듯이 받침의 쓰임이 당신의 잠자리에도 깃들기를 바란다. 나를 받치거나 내가 받친 받침들을 당신에게 바치는 이유다.

당신은 어떤 받침을 품고 살아가는가. 내 생활의 소중한 받침에는 이런 것들도 있다. 받침에 얹힌 잔을 들어 마시는 한 잔의 시간 같은 것. 카페인이 필요해 커피를 마신다면 아이스로 마셔도 충분할 테지만, 받침과 함께 건네받은 잔은 그렇지 않다. 그 속의 사정은 사뭇 다르다. 천천히 들여다보고 불어가며 시간을 아끼듯 홀짝인다. 비 냄새가 가득한 오후면 차양으로 추락하는 빗소리를 듣다 나도 모르게 홀짝이곤 한다.

쟁반에 곱게 깎은 과일 접시를 받쳐 내어오는 장면도 비슷하다. 나는 그 보드라운 순간들을 박제하고 싶다. 그래서 소설을 쓰는 건지도 모르겠다고 생각한다. 내게 있는 받침과 내게 다가오는 받침을, 나와는 아주 먼 받침들을 기억하기 위해서.

당신에게 소중한 받침을 챙겨다 당신이 사랑하는 사람에게, 당신을 사랑해주는 이에게 선물한다면 그이도 어느 잠 못 드는 밤 당신의 받침을 떠올릴 것이 분명하다. 오늘 밤 어떤 받침과 함께 잠들 수 있을지 모르지만, 받침 없는 동화를 꿈꾸며 잠들지 못하는 시간에 받침들을 꺼내 살펴보자. 꿈속을 유영하다 돌아와 아침을 맞이할 수 있을 것이다. "ㅁ" 받침에서 얻은 용기로 발을 내디디면 바닥의 실내화가 당신을 받쳐줄 것이다.

새삼스럽겠지만 밤은 이미 지났고, 슬리퍼 위에 앉아 당신을 기다리던 볕이, 아침이, 바로 여기 있다.

오종길

자음은 닿아서 나는 소리고, 모음은 홀로 나는 소리입니다. 열아홉 자음과 스물한 모음이 만나 받침 위에서 벌어지는 일은 무한합니다. 함께, 그리고 홀로 살아가는 우리네 글자 속 음절들의 가능성을 믿어봅니다.

「겨울을 버티는 방」「나는 보통의 삶을 사는 조금 특별한 사람이길 바랐다」「무화과와 리슬링」「저크 오프」 등을 썼습니다.

이미 기록된 미래

서이제

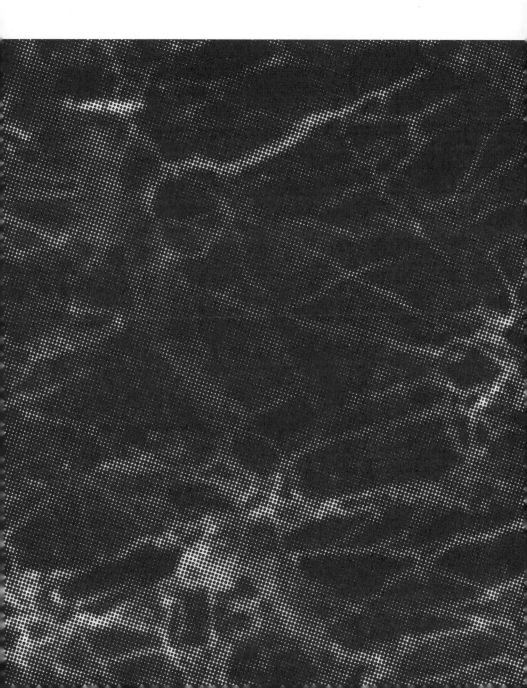

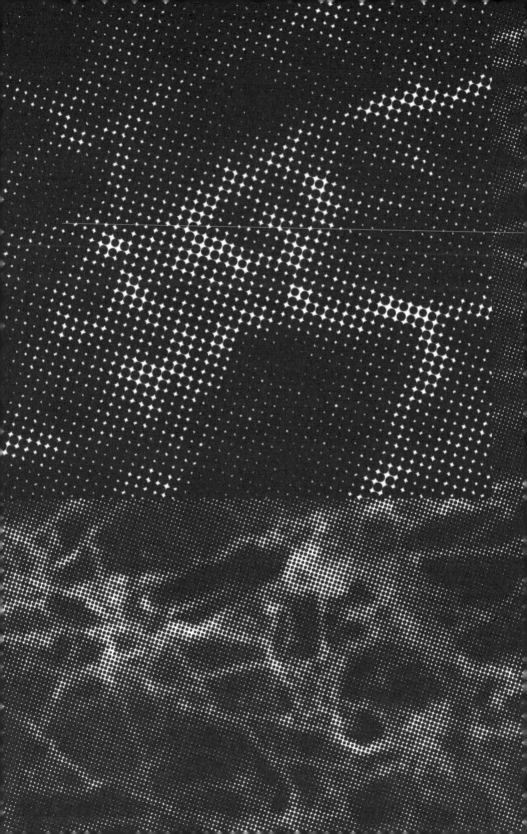

ㅁ

혼자가 되지 않는 유일한 방법은 내가 없는 것이다.

꿈속으로
서서히
사라지기.

ㅁ

모두가 나를 떠나도 나만 나를 떠나지 않았다. 나는 지겹도록 내 곁에 남았다. 필연적으로 그렇게 되었는데, 나는 이 사실을 네가 떠난 후에야 겨우 알게 되었다.

ㅁ

그날처럼, 네가 이곳을 떠난 것처럼, 나는 떠나고 있었다. 멀리, 더 멀리. 나도 나를 여기에 두고 떠나려고. 너처럼 떠나면 네가 될 수 있을까. 떠난 너처럼, 떠난 내가 될 수 있을까. 나는 필사적으로 떠나면서 몸의 감각을 잃어버리고 있었다. 점점 내 몸이 아닌 듯이. 내가 없는 듯이. 그러나 뒤를 돌아보면 어김없이 알게 되는 것이다. 제자리라는 것을. 그저 멀리 온 꿈이었다는 것을.

ㅁ

날이 추워진 탓인지, 요즘은 도통 잠에서 깨어나기가 힘들었다. 나는 아침에 눈을 뜨고도 한참 동안 침대를 벗어나지 못했고, 그렇게 있다 보면 다시 잠들고 싶은 마음이 들었다. 다시 눈을 감으면,

이대로 영원히 잘 수도 있을 것 같은 느낌. 하지만 누워 있는 자세는 점점 사람을 무기력하게 만들었다. 아무것도 할 수 없음.

ㅁ

　자다 깨어나, 내 옆에 곤히 잠든 너를 본 적이 있었다. 얼핏, 죽은 것 같아 보였다. 너는 잠든 네 모습을 본 적이 없을 것이다. 나는 너의 코끝에 손가락을 가져다댔다. 손가락 끝에 너의 숨이 닿았다. 어째서 사람은 살아 있는 동안 자신이 잠든 모습을 볼 수 없는 걸까. 잠든 모습은 유일하게 볼 수 없는 자신의 모습이었다.

ㅁ

　침대 위치를 바꾸는 게 좋을 것 같았다. 해가 뜨면 눈이 떠질 수 있도록, 햇살이 잘 드는 쪽으로. 침대를 옮기려고 매트리스를 두 손으로 힘껏 들었다가, 침대 밑에서 먼지 쌓인 롤필름을 발견했다. 너의 것, 그러니까 너도 모르는 사이 네가 남기고 간 것이었다. 그래, 너는 언제부턴가 필름 사진을 찍었다. 네가 항상 들고 다니던 아날로그 카메라. 나는 그것을 기억한다. 예전에는 동네 사진관 어디서든 필름을 현상할 수 있었지만, 필름 공장이 하나둘 문을 닫기 시작하면서부터, 필름을 현상하는 일도 쉬운 일이 아니었다. 너는 종종 필름을 현상하기 위해 을지로에 갔다. 너는 멀리까지 가야만 했다.

ㅁ

　집을 나섰다. 날이 추웠고, 날이 추워서 코트 주머니에 손을 넣었다. 작은 롤필름이 만져졌고, 나는 그것을 만지작거리며 버스를 기다렸다. 기다리고, 기다렸다. 기다리는 건 좋은 일이라고,

너는 오래전에 내게 말한 적이 있었다. 기다리다 보면 반복적으로
생각하게 되고, 반복적으로 생각하게 되면 단기 기억은 장기 기억이
되니까. 너는 필름이 현상되길 기다리는 일이 즐겁다고 했다.
기다리는 내내 뷰파인더로 봤던 이미지들을 몇 번이고 곱씹게
된다고. 나는 네가 했던 말들을 몇 번이고 곱씹으며, 여전히 버스를
기다리고 있었다.

ㅁ

　　누군가를 사랑하게 되면, 나는 그 사람의 어린 시절이 궁금했다.
나를 만나기 전의 모습을, 그러니까 우리가 만나게 되리란 걸 전혀
모르고 살았던 때의 모습을, 보고 싶었다. 공유된 적 없는 시간까지
모조리 공유하고 싶은 마음. 사진 속, 나의 어린 시절. 미끄럼틀 위에
앉아 있는 모습, 카메라를 향해 브이를 하는 모습, 부모 품에 안겨
있는 모습, 우는 모습, 침대 위를 뒹구는 모습. 나는 지금껏 내가
사랑했던 사람들에게 내 사진을 보여줬고, 그들 중 몇몇은 자신의
사진을 내게 보여주기도 했다. 너는 그런 적이 없었지만, 나는 사진
없이도 너의 어린 시절을 기억할 수 있었다.

ㅁ

　　너는 작았고, 너는 너만큼 작은 몰티즈를 데리고 다녔다.
몰티즈의 이름, 코코. 우리는 어렸고, 매일 코코와 함께 뛰어다녔다.
온종일 동네를 뛰다 보면, 둘 중 하나는 반드시 넘어졌다. 반바지
아래로 드러난 무릎. 너의 무릎에는 반창고가 붙어 있었고, 너는
때때로 반창고를 조금 떼어 상처를 내게 보여주기도 했다. 이거 봐.
나도 있어. 우리는 서로에게 상처를 보여줬다. 상처 위에 피딱지가
생기면, 우리는 그것을 손가락으로 긁어 떼어냈다. 아팠고, 아팠지만

떼어냈고. 딱지를 떼어내다가 종종 눈이 마주치기도 했는데,
그때마다 우리는 서로의 얼굴을 보고 괜히 웃곤 했다.

ㅁ

　네가 가장 좋아하는 사진작가는 1984년 헝가리에서 태어났고,
그는 1912년 처음으로 사진을 찍었다. 그가 열여덟 살 때 처음으로
산 카메라로 찍은 사진. 그러니까 그의 첫 작품은 부다페스트의 한
가게에서 낮잠 자는 소년을 찍은 것이었다. 손으로 턱을 괴고 잠든
소년의 모습. 어째서 그는 그 소년을 찍었는지, 어째서 그 소년은
그 시간에 그곳에 있었으며, 왜 그곳에서 잠을 자고 있었는지, 그건
그 누구도 알 수 없는 일이지만. 1912년, 그는 소년을 찍었다. 그
사실만이 분명했고, 그 사실은 너와 아무런 관련이 없었지만, 너는
그가 처음으로 사진을 찍은 그해를 특별하게 여겼다. 20세기를
대표하는 사진작가들은 모두 그의 영향을 받았어. 그들이 한 건
모두 그가 처음으로 했던 거야. 그러니까 그가 없었다면, 그가
사진을 찍지 않았다면, 아무것도 시작되지 않았을 거야. 모든 시작의
시작이야. 너는 내 눈을 똑바로 바라보며 그렇게 말한 적이 있었다.
눈빛. 그렇게 말할 때의 너의 눈빛이 얼마나 반짝거렸는지 너는 모를
것이다.

ㅁ

　그 무렵 나는 꿈을 자주 꿨다. 비가 오는 꿈을, 그러니까 비가
오는 날 누군가와 함께 우산을 쓰고 걷는 꿈을 꿨다. 그는 몇 번이고
내 꿈에 나왔지만, 나는 그가 누구인지 정확히 알지 못했다. 알 수
없었다. 누구인지 모르는 사람들이 종종 꿈에 나온다. 그런 사람들은
얼마든지 꿈에 나올 수 있었고, 그건 흔한 일이었지만, 누구인지

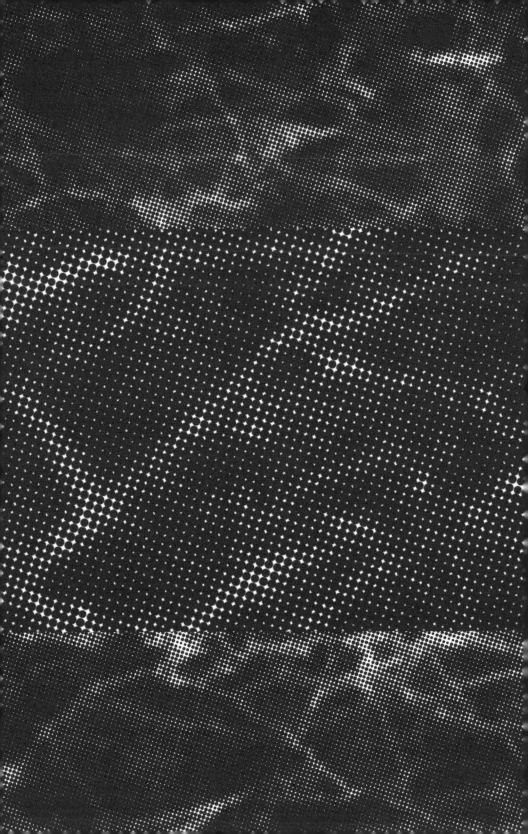

모르는 사람이 반복적으로 꿈에 나오는 건 흔하지 않은 일이었다.
반복은 일종의 신호인 것 같았다. 미래에 대한 암시, 예지몽. 반복은
내게 어떤 의미를 만들어냈다. 운명적인 사랑에 빠질 것만 같은
예감. 내가 내 꿈에 대해 이야기했을 때, 너는 내게 자각몽이라는 게
있다고 알려주었다. 집중하면 누구나 자각몽을 꿀 수 있대. 다음에
꿈속에서 또 그 사람을 만나면 얼굴을 보는 거야.

ㅁ

　을지로에 가면 '망우삼림'이라는 사진관이 있다고 했다. 나는
그곳에 가본 적 없었지만, 그곳이 어떤 곳인지 알고 있었다. 말로만
듣던 그곳을, 이제야 가고 있는 중이었다. 버스. 마포대교 진입하며,
좌우로 펼쳐진 한강. 여의도 한강공원. 산책하는 사람들. 밤섬과
보트를 타는 사람들. 푸른 하늘. 표지판. 시청을 가리키는 화살표.
바라보면서, 가본 적 없는 곳으로 가고 있는 중이었다. 너도 필름을
현상하러 가는 길에 이곳을 지나쳤을까.

ㅁ

　너와 한강을 걸을 때, 나는 나보다 조금 앞서 걷는 너를, 그러니까
너의 뒷모습을 찍으려고 했던 적이 있었다. 너는 그 사실을 영원히
모를 것이다. 나는 너를 향해 휴대폰을 들었고, 이내 휴대폰 화면을
통해 너의 뒷모습을 볼 수 있었다. 픽셀로 재구성된 네가, 내 눈앞에.
너는 실시간으로 재구성되고 있었다. 너의 뒷모습과 화면 속 너의
뒷모습. 번갈아 봤다. 네가 둘이 된 것 같았다. 두 명의 네가, 내
눈 앞에. 너는 휴대폰 화면 속에도 존재했다. 네가 뒤를 돌아보는
바람에, 나는 급히 휴대폰 화면을 껐고, 화면이 꺼짐과 동시에 너는
사라져버렸다. 영영 사라져버렸다. 나는 한 명의 너를 잃었다.

이후에도 너는 휴대폰 화면 속에 수시로 나타났다가, 사라지기를
반복했고. 마치 사라짐을 연습하듯, 반복되었다.

ㅁ

　디지털 카메라로 사진을 찍는다는 건, 만질 수 있는 대상을
더 이상 만질 수 없는 상태로 바꿔버린다는 걸 의미했다. 찍으면
찍을수록, 사라져가는. 소중히 간직하려 할수록, 소멸되는.
사라지고, 사라지고, 사라졌다. 나는 주머니 속에 있는 필름을
만지작거리며 생각했다. 작고 단단했다. 아직 무언가 손에 쥘 수
있음이, 그 촉감을 느낄 수 있음이 위로가 된다고.

ㅁ

　혼자가 되지 않는 유일한 방법은 내가 없는 것이다. 내가 없기
위해서, 나는 없어야 했다. 애초에 태어나지 않았다면 가능했을
일이었다. 이미 태어났다면, 그건 어쩔 수 없는 일이었다. 언젠가
또 다른 누군가를 만나 다시 사랑하게 되어도, 나는 다시 혼자가 될
것이다. 계속, 끊임없이. 내가 살아있는 한, 그 일은 반복될 것이다.
살아 있는 한, 그 일은 반복된다고. 잠이 오는 것도 아니고 오지 않는
것도 아닐 때, 나는 생각했다. 가만히 누워, 생각했다. 어쩐지 오늘은
생각하는 일 이외에는 아무것도 할 수가 없다고. 지쳐서. 몸이
무언가에 짓눌린 듯 무겁고, 무기력하고, 도무지 몸을 일으킬 수가
없다고. 내 몸이 사라지기 전까지, 반복될 것이다.

ㅁ

　그를 만났다. 비가 내리지 않는 날이었는데 그는 내게 우산을
씌워주었고, 나는 고개를 돌려 그를 보려고 했으나 목이 뻐근해서

쉽게 고개를 돌릴 수 없었다. 생각처럼, 마음처럼, 고개는 돌아가지
않았다. 간신히 고개를 돌렸을 때, 우산 손잡이를 꽉 쥔 그의 손이
보였다. 작은 손. 더 이상 고개를 돌리지 못한 채, 그의 얼굴을 보지
못한 채, 나는 잠에서 깨어났다. 그날 이후, 나는 두번 다시 그를
만나지 못했는데, 그건 아무래도 내 탓인 것 같았다. 그를 보려고 한
탓인 것 같았다.

ㅁ

　　내 탓이야. 너는 우리 집까지 찾아와 울먹이며 내게 말한 적이
있었다. 아무래도 코코가 돼지 뼈를 잘못 삼킨 것 같아. 그래서
어떻게 되었는데? 죽었어. 그러면 어떻게 되는 건데? 죽었다니까.
나는 몇 번이고 다시 물었지만, 죽으면 어떻게 되는지 알 수 없었다.
엄마가 산에 묻었어. 무덤처럼 동그랗게? 아니 평평해. 평평한
무덤이야. 너는 말을 하면서도 울음을 멈추지 않았다. 울다가,
울다가, 옷소매로 눈물을 훔치고 다시 울었다. 나는 너를 와락
껴안았다. 울었다. 네가 우니까 나도 울게 되었다. 코코가 보고 싶어.
나는 그게 무슨 말인지 알고 있었다. 우리는 플라스틱 모종삽을 들고
산으로 향했다.

ㅁ

　　버스 창밖으로. 사람들. 문화역서울284로 데이트를 온 연인.
흡연 구역에 모여 담배를 피우는 직장인들. 찌푸린 얼굴들. 서울역을
지나치고, 코너를 돌아, 보이는 길. 50킬로미터 이하의 속도로
달리는 자동차들. 숭례문을 지나쳐, 계속. 한국은행 화폐박물관과
우표박물관을 지나쳐, 계속, 계속. 사람들로 붐비는 명동 거리.
사람들 손에는 쇼핑백 하나둘씩. 지하쇼핑센터 앞 줄지어 서 있는

택시들. 롯데백화점과 높은 빌딩들. 빌딩과 빌딩과 빌딩. 언젠가
너와 함께 목적 없이 걸었던 거리. 바라보면서, 가본 적 없는 곳으로
가고 있는 중이었다. 너도 필름을 현상하러 가는 길에 이런 풍경들을
지나쳤을까, 하고 나는 생각하지만. 그런 건, 생각하고, 또 생각하고,
아무리 생각해도 생각만으로 알 수 없는 일이었다.

ㅁ

　　버스에서 내려 길을 따라갔다. 언젠가 네가 걸었을 법한 길을
따라 걸었다. 언젠가 네가 지나쳤을 가게를 지나쳤고, 언젠가 네가
기다렸을 신호를 기다렸다. 언젠가 네가 봤을 법한 간판도 있었다.
을지로입구역. 도기타일. 세라믹. 조명. 인테리어. 아크릴. 철물점.
종합상사. 언젠가 네가 봤을 사거리. 자동차들. 언젠가 네가 들었을
자동차 경적 소리와 오토바이 지나가는 소리. 언젠가 네가 봤을
빌딩. 빌딩 유리창에 비친 하늘. 점심을 먹고 회사로 돌아가는
사람들. 삼삼오오. 언젠가 네가 보았을 오후. 언젠가 네가 돌았을
코너를 돌아보니, 그곳으로 갔다.

ㅁ

　　사진관 문을 열자마자, 교복을 입은 학생과 눈이 마주쳤다. 학생은
의자에 앉아 있었는데, 나와 눈이 마주친 후에 바로 시선을 다른
곳으로 옮겼다. 나는 입구 쪽에 서서 주변을 둘러보았다. 아무래도
사장님이 잠깐 어디 가신 것 같아서 조금 기다려보기로 했다. 그사이,
의자에 앉은 학생은 가방에서 롤필름을 꺼냈고, 롤필름을 돌려가며
상태를 확인하더니, 수동 필름 카메라의 뚜껑을 열었다. 카메라
안에서 롤필름을 꺼냈고, 새로운 롤필름을 넣었다. 나는 그 과정을 다
지켜보게 되었는데, 일부러 보려고 본 것은 아니었다.

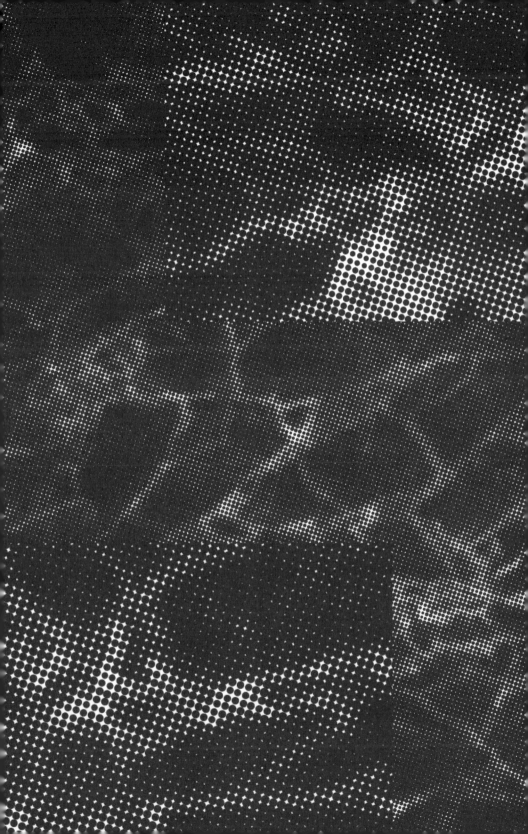

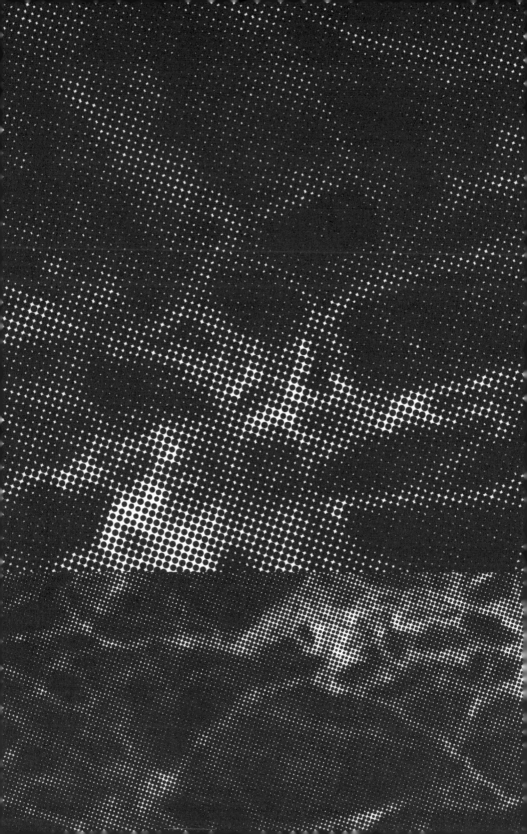

□

　언젠가 우리는 아침부터 카페에서 커피를 마시며 수다를 떤 적이
있었는데, 그날은 아마 함께 조조 영화를 보려고 시도했다가 실패한
날이었을 것이다. 둘 중 한 명은 무조건 늦을 거라고 예상했지만,
우리는 둘 다 늦잠을 자버렸고, 허겁지겁 약속 장소로 나오긴
했지만, 이미 영화 상영 시간이 지나서 어쩔 수 없었던 날. 그날
우리는 이왕 이렇게 만난 거 같이 모닝커피나 한잔하자고, 카페에
갔던 것 같다. 졸음이 쏟아져 그러기로 했던 것 같다. 아마도. 무슨
대화를 나눴는지 정확히 기억나진 않지만, 꽤나 즐거웠던 기억.
따뜻한 커피를 마시면서 이런저런 이야기를 나누다 보니, 실내가
덥게 느껴져 외투를 벗었던 기억. 카페 유리창으로 햇살이 가득
들어올 때, 그러니까 햇살이 눈부셔 내가 의자를 반쯤 돌려 앉았을
때, 너는 내게 말했다. 잠깐만, 가만히 있어봐. 너는 가방에서
카메라를 꺼냈다. 필름 딱 한 장 남았는데. 나를 향해 카메라를
들었고, 나는 카메라 렌즈를 바라보았다. 신중하게 셔터가 눌러지고.
마지막 필름을 사용한 후, 너는 웃으며 말했다. 아, 이 귀중한 마지막
컷을 너에게 쓰다니.

□

　너는 그 자리에서 바로 롤필름을 교체했고, 나는 그 모습을
지켜봤다. 근데 영화 보러 나오면서 무슨 카메라를 들고 나와.
그러니까 늦지. 나는 카메라 뚜껑이 열리는 걸 지켜보며 말했고,
너는 카메라에서 롤필름을 꺼내며 답했다. 언제 갑자기 중요한
순간이 올지 모르니까. 너는 롤필름을 테이블 위에 올려놓았는데,
그 짧은 순간, 보였다. 너의 손. 보았다. 너는 카메라에 새 필름을
넣었고, 필름을 감았고, 카메라 문을 닫았고, 레버를 돌렸다. 레버를

돌리는 손. 작은 손. 기시감. 우산 손잡이를 꽉 잡고 있던 손. 그 손. 얼굴을 본 적 없는 사람의 손이었다.

ㅁ

여기야. 너는 손가락으로 땅을 가리켰고, 그 부분만 흙이 젖어 있었다. 누가 오줌을 싼 것만 같았다. 우리는 쪼그려 앉아 함께 모종삽으로 땅을 파기 시작했다. 삽으로 흙을 몇 번 퍼낸 후에는 손으로 파기 시작했다. 손톱에 흙이 끼고 손끝이 아려 올 때까지 팠고, 파냈고, 얼마 지나지 않아 아리던 손끝에 부드러운 털이 닿았다. 코코, 새하얀 코코. 코코가 조금씩 모습을 드러내기 시작했다. 우리는 더 열심히 흙을 파헤쳐, 땅속에서 그 코코를 꺼냈다. 너는 품안에 코코를 안으며 말했다. 자고 있어. 너는 조심스럽게 코코의 털에 묻은 흙을 털어냈고, 코코에게 빰을 가져다대기도 했다. 너도 안아볼래? 나는 고개를 끄덕였고, 너는 코코를 내게 넘겨줬다. 아기 다루듯이. 나는 코코를 품에 안았다. 따뜻했다. 부드러웠다. 흙냄새가 나. 이제 집으로 가자. 우리는 코코가 깨지 않도록 아무런 말도 하지 않은 채, 조용히 산을 내려왔다.

ㅁ

훗날, 우리는 어른이 되어서도 종종 그날의 일을 이야기했다. 만약 코코가 이미 부패된 상태였다면, 우리는 엄청 놀랐을 거야. 충격적이었을 거라고. 우리는 운이 좋았어. 너는 그날의 일을 다행스럽게 여겼지만, 지금 생각하면 너무 이상하지 않아? 코코를 안았을 때, 정말로 따뜻했다고. 내가 말하니, 너는 내 기억이 왜곡된 거라고 말했다. 기억은 믿을 만한 게 못 돼. 너도 안아봤으니까

알잖아. 코코 따뜻했어. 마치 살아 있는 것처럼. 너는 코코의 몸이 따뜻했는지 어땠는지, 기억이 나지 않는다고 했다. 기억나는 건, 코코를 데리고 집으로 갔을 때 엄마에게 혼났던 일. 엄마가 다시 코코를 데리고 어디론가 가버린 일. 그래서 울고불고 난리를 쳤던 기억만이 남아 있다고 했다.

ㅁ

　나쁜 기억은 사진과 사진 사이에 있었다. 슬픈 기억, 좋지 않은 기억들. 그러니까 그런 기억은 사진에 찍히지 않았던 순간 속에나 있는 것이다. '망우삼림'은 나쁜 기억을 지워주는 망각의 숲이라는 뜻이라고, 너는 오래전에 내게 알려주었다.

ㅁ

　언젠가 네가 그곳을 나왔듯 나도 그곳을 나와, 사거리에 멈춰섰다. 빨간불. 네가 필름이 현상되길 기다리며 즐거워했던 이유를 이제는 알 것 같았다. 기다리고, 기다리고, 기다리다 보면, 어떤 장면들을 곱씹게 되고, 곱씹고, 곱씹고, 곱씹다보면, 기억들은 고정되었다. 한번 고정되면, 쉽게 사라지지 않았다. 나는 여전히 사거리에 멈춰서 있었다. 신호등 불빛이 바뀌기를 기다리며, 사진관에서 받아 온 봉투를 꺼냈다.

ㅁ

　스물네 장의 흑백사진. 거울에 비친 네 모습. 강한 빛에 노출되어 절반이 새하얗게 나온 사진. 새하얀 눈이 내리는 아파트 단지. 눈 위에 찍힌 발자국. 작은 눈사람. 길고양이. 너의 방. 아스팔트 바닥에 비친 너의 그림자. 빌딩 유리창에 비친 하늘. 낙원악기상가 간판.

헌책방 거리. 프란츠 카프카의 책. 청계천에서 만난 백로. 버스 창문 밖으로 보이는 서울역. 숭례문. 낡은 간판들. 네가 좋아했던 분식집. 길에 버려진 우산. 네가 다녔던 초등학교. 운동장과 축구 골대. 액자 속 사진에 있는 어린 너와 코코. 코코를 닮은 몰티즈. 언젠가 우리가 함께 영화를 보러 갔던 아트시네마와 망우삼림. 지금 내가 서 있는 사거리. 계속 너의 시선을 따라, 마지막 사진까지.

□

　내 사진. 언젠가 카페에서 네가 찍었던 바로 그 사진이었다. 나는 마치 잠든 사람처럼 눈을 감고 있었다. 나는 카메라 렌즈를 정확히 응시했다고 생각했지만, 햇살이 눈부셔 나도 모르게 깜박 눈을 감은 순간. 너는 셔터를 눌렀는지도 모른다. 깜박-찰칵. 셔터는 눌러졌는지도 모른다. 어떻게 내가 눈을 감은 순간과 네가 셔터를 누른 순간이 일치할 수 있었을까, 그런 건 영원히 알 수 없겠지만. 내가 눈을 깜박할 때. 신중하게, 셔터는 눌러지고. 그 순간은 신중하게 일치되었을 것이다. 결정되었을 것이다. 마지막 필름을 사용한 후, 너는 내게 말했지. 이 귀중한 마지막 컷을 너에게 쓰다니. 그래, 나에게 쓰다니.

　　□ □ □ □ □ □ □ □ □ □ □ □
　　꿈을 꾸는 듯
　　　잠든 것처럼 보이는
　　□ □ □ □ □ □ □ □ □ □ □ □

□□□□□□□□□□□□
눈을 감고 있는
　　영원히, 영원히
□□□□□□□□□□□□

　잠든 것 같은, 내 얼굴을 오랫동안 바라보았다. 어째서 사람은 자신이 잠든 모습을 볼 수 없으면서, 사랑하는 사람이 잠든 모습은 볼 수 있는 걸까. 나는 네가 보고 싶었다. 네가 보고 있는 것들까지 다 보고 싶었다. 나는 눈을 감고 있었다. 바라보면 바라볼수록, 점점, 더 이상, 나는 내가 아닌 것처럼 느껴지고. 내가 나를 보고 있으니, 나는 내가 아닌 것만 같고, 이제는 정말로 내가 없는 것 같고.

　나는 이미 오래전에 죽은 사람처럼, 사진 속에 있었다.

서이제

2018 문학과사회 신인문학상 수상.

신종원 작가와 km/s 동인으로 활동 중.

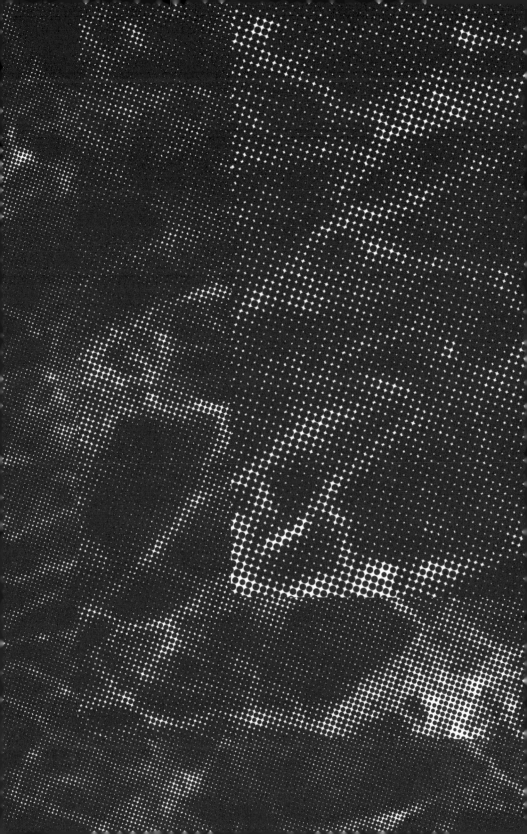

새벽 세 시에 떠올리는 얼굴들

김현경

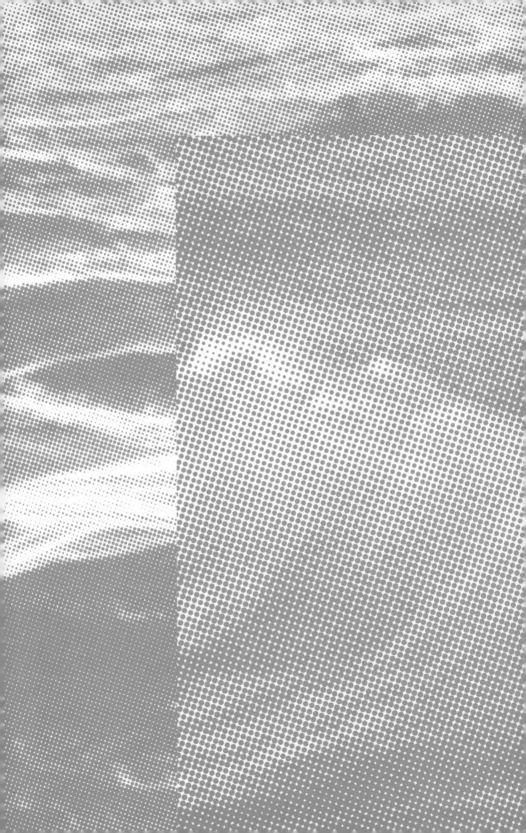

*

안녕, 잠 못들고 뒤척이는 이름 모를 친구.

함께 잠들지 못한다면 우리는 친구라 부를 수 있겠지요. 그곳의
새벽은 어떤가요?

새벽 세 시는 참 이상한 시간이에요. 네 시라면 '늦었네' 말할
수도 있을 텐데, 세 시라면 늦은 새벽이라 말하기에도, 이른
새벽이라 말하기에도 애매하잖아요. 아, 늦은 새벽이 맞나요? 당신이
잠들지 못하는 이 새벽에 무얼 하고, 어떤 색의 생각을 하는지, 또
누구의 얼굴을 떠올리는지 궁금해요.

요즘 나는 눈물이 몸 안에 찰랑찰랑 차오르는 것 같은 기분이
들어요. 얼마 전에는 그게 가슴팍까지 차올랐는데 요즘은 목 끝까지
차오른 기분이에요. 낮에는 그나마 견딜 수 있는데 오늘 같은
새벽이면 목 끝까지 차오른 눈물이 왈칵 범람해버릴 것 같아요. 그럴
때마다 나는 사랑하는 이들의 얼굴을 떠올려요. 그러면 내 안의
눈물이 조금은 잔잔한 모양을 만들거든요.

어제는 나를 꼭 끌어안아주던 이의 얼굴을 떠올리며 잠들었어요.
"나 눈물이 목 끝에서 찰랑찰랑해" 말하니 건너에 앉은 저가
눈물을 글썽였어요. 작은 선술집 조명이 그의 눈에서 반짝이는데,
그 반짝임이 다시 내 눈도 반짝이게 할 것만 같아서 나는 고개를
푹 숙였어요. 고개를 숙이니 이번에는 눈물이 아래로 쏟아질 것만
같아서… 고개를 치켜들어 소주를 들이켰어요. 술집에서 나오니 새벽

새벽 세 시에 떠돌리는 얼굴들 155

세 시더라고요. 한참을 동네 정자에 앉아 귀뚜라미 소리를 들었어요.
새벽 네 시가 되어 택시 할증 시간이 끝날 때까지. 네 시가 되고
그이는 내 집 앞에서 꼭, 정말이지 꼬옥 끌어안아주고 떠났어요.
나는 그 따뜻함이 식어버릴까 봐 몇 걸음 안 되는 현관까지 두
팔로 나를 감싸고 총총 걸어 돌아왔어요. 눈을 감고 그이가 나를
대하는 표정과 손길 같은 걸 떠올렸어요. 그러면 또 심장이 조금
부들부들해지는 것 같고…. 어제는 덕분에 오랜만에 약 없이도 잘 잘
수 있었어요.

고백하건데 나는 약 없이 잠들지 못하는 밤이 많아요. 약을
먹어도 잠을 잘 수 없는 날도 있어요. 그럴 때면 선택을 해야 해요.
사둔 맥주를 한 캔, 아니 서너 캔 마시거나, 아예 잠을 포기하는 일
둘 중에요. 잠을 포기하면 다음 날의 나는 너무 힘들 것 같고, 당장의
밤은 너무 길고…. 당신은 어떤 선택을 하는지, 새벽을 보내는
당신만의 방법이 있는지 궁금해요.

얼마 전에는 한 친구가 그 이르거나 늦은 새벽, 세 시에
찾아왔어요. 친구보다 먼저 온 건 몇 년 만의 공황발작이었어요.
어찌할 바를 몰라 나를 꼬집고 힉힉 숨만 가쁘게 쉬었어요. 마침
깨어 있던 친구는 그 시간에 이 도시의 저 멀리 반대편에서 나를
위해 택시를 타고 찾아왔어요. 그 친구는 그저 와주는 일 외에
나에게 해줄 수 있는 게 없다고 조금은 미안해했는데, 나는 그
친구한테 해줄 수 있는 게 없어서 미안했어요. 시간이 지나 조금
괜찮아지고, 함께 밥을 주문해 먹었어요. 요즘은 새벽에도 먹고
싶은 음식을 먹을 수 있어서 참 다행이었어요. 오랜만에 누군가와
함께 밥을 먹고 친구는 제 침대에, 나는 바닥에 요를 깔고 누워

도란도란 이야기를 나누었어요. 그렇게 친구는 다음 날 병원까지 함께 가주었어요. 그저 멍하니 누워서 나는 그런 친구들의 얼굴을 떠올려요.

가끔은 옛 친구나 연인의 얼굴이 떠올라요. 이제 더는 볼 수 없는 얼굴들이요. 당신도 그런 얼굴들이 종종 떠오르나요? 동그랗게 쌍꺼풀 진 눈, 따뜻하게 내 얘길 듣던 눈, 화를 내며 글썽이던 눈, 어쩐지 슬퍼 보이던 회색빛의 마지막 눈…. 나는 어쩐지 다른 부위보다 눈의 모양이 더 짙게 떠올라요. 이런 눈들은 종종 나를 괴롭혀요. 특히나 더는 볼 수 없는 친구의 눈이요. 따듯하기도 하고 슬퍼 보이기도 하고, 그러면서도 강하기도 했거든요. 아, 얼마 전에는 그 친구의 눈과 똑 닮은 눈을 가진 사람을 만났는데 나도 모르게 이름을 부를 뻔했어요. 이제는 볼 수 없다는 사실을, 그 비가역성을 나는 아직도 받아들이기 힘들어요.

다시 볼 수 없는 이들의 얼굴을 떠올리니 마음이 안 좋네요. 수많은 밤을 새우며 가진 나만의 새벽을 보내는 규칙이 있어요. 이 이르고도 늦은 시간에는 과거의 나쁜 생각도, 지나가버린 어쩔 수 없는 일들의 생각도, 낮의 생각도 해서는 안 돼요. 예를 들면 오늘 만난 나쁜 사람이나 사건, 내일 낮에 해야 할 일이나 미래에 대한 걱정들 말이에요. 최대한으로 따뜻한 얼굴들, 내일 늦은 오후에야 "어떻게 지내니" 메시지를 보낼 수 있을 사람들을 떠올려야 해요. 나쁘게 지나간 얼굴이라도 그 사람과 좋았던 때만 생각해야 해요. 안 그러면 젖은 베개와 함께 네 시, 또 다섯 시가 올 테고, 동이 트는 모습을 볼지도 몰라요.

동틀 무렵이면 나도 모르게 선잠에 들 때가 있어요. 두어 시간 잠드는 동안 나는 자주 쫓기고 울어요. 내가 말한 다시는 만날 수 없는 사람들을 만나기도 해요. 매번 같은 나만의 가상 공간에 있을 때도 있어요. 분명 없는 곳인데 내 꿈속 세계에서만큼은 지하철 노선도도 있고 예전 꿈에서의 기억도, 그곳에서만 만날 수 있는 사람들도 있어요. 어때요, 신기하죠? 또 가끔은 꿈에서도 일을 하기도 해요. 꿈속 컴퓨터를 켜고 다음 날 해야 하는 일을 다 해두었는데 깨고 나면 아무것도 남지 않은 날이 있어요. 정말 이럴 때면 잠도 못 자고 일을 하는 기분이에요.

당신은 꿈을 많이 꾸는 편인가요?
한번은 "꿈 없이 잠들길" 하는 밤인사를 받은 적이 있어요. 또 내가 좋아하던 이에게 "좋은 꿈 꾸길" 하는 인사를 받은 적도 있지요. 꿈 없는 잠을 자는 것이 좋을까요, 좋은 꿈을 꾸는 게 좋을까요? 당신은 어떤가요? 꿈 없는 잠은 정말로 푹 잔다는 말일 테죠. 하지만 나는 좋은 꿈을 꾸는 편이 더 좋아요. 좋은 꿈에서만큼은 내가 가고 싶은 곳, 만나고 싶은 사람들을 만날 수 있으니까요. 가끔은 어떤 꿈을 꾸었는지 기억나지 않아도 따뜻한 마음으로 깨어날 때도 있어요.

친구, 내가 너무 많은 이야길 떠들어버렸네요. 나는 이런 밤이면 함께 대화할 누군가가 필요해요. 그래서 '친구' 하고 한 번 더 불러봤어요. 이만큼, 아니 더 많은 수다를 떨고 싶은 시간인데, 옆에 누워 함께 도란도란 이야기를 하다 까무룩 잠들 사람이 있으면 좋을 텐데…. 내가 가진 건 수북히 쌓여만 있는 책과 넷플릭스 영상들뿐이네요. 잠들지 못하는 사람들을 위한 이야기 모임이라도

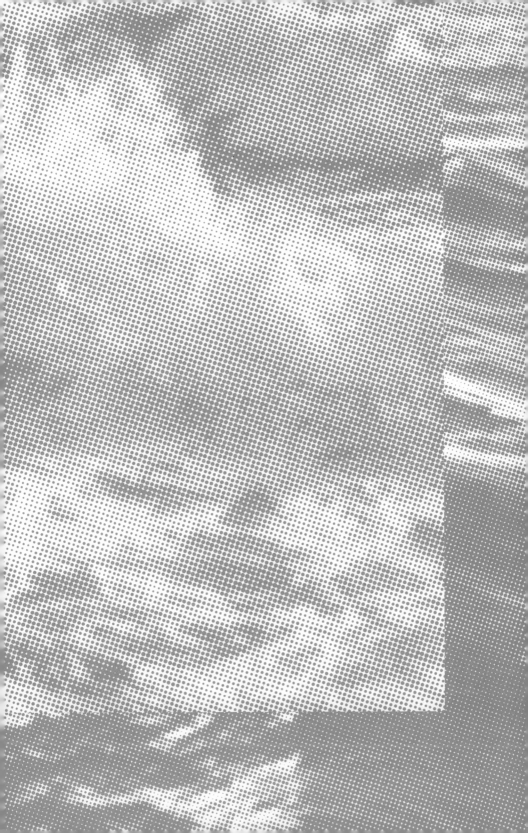

만들까요? '전화도 할 수 없는 밤이 오면' 하는 「세일러문」 주제가가 떠오르네요.

아, 별 이야길 다 하는 걸 봐서 나는 이제 조금 졸린가 봐요. 이렇게 또 아침이 오겠지요. 와버리겠지요. 나는 벌써부터 내일 어디서 커피를 마실지부터 생각해봐야겠어요. 당신은 이대로 이른 출근을 할지, 느지막이 깨어날지, 밤을 꼬박 새워버릴지 궁금해요.

안녕, 이름 모를 친구. 나는 당신이 오늘 어떤 얼굴을 떠올렸는지 궁금해요.
부디, 평안한 밤 되시길.

회색빛 작은 방에서,
현경

김현경 162

김현경
6호선 지하철이 다니는 근처 어딘가에서 술 마시는 모습을 가장 자주 볼 수
있습니다.
「아무것도 할 수 있는」을 엮고, 「폐쇄병동으로의 휴가」「여름밤, 비 냄새」
등을 쓰고, 「취하지 않고서야」「무너짐」 등을 함께 썼습니다.

잠이 오지 않았고 생애 두 번째 소설

태재

*

　잠이 오지 않는 밤. 실은 아까 저녁에도 점심에도 아침에도
잠이 오지 않았지. 이렇게 종일 잠이 오지 않는 날에는 밀린 일을
해치우면 딱 좋은데…. 이를테면 지금 쓰고 있는 이 원고 같은 것.
20대 때는 잠 못 드는 이유도 참 다양했으나 30대가 본격적으로
시작되고부터는 이런저런 이유도 없다. 순전히 고독 때문에 잠
못 들고 있다. 혼자서 거뜬하게 살 줄 알게 되었고, 팔 줄도 알게
되었다. 나를 알고 내가 아는 사람들이 많아졌고 외워지지 않는
이름들이 많아졌다. 탱탱했던 물음표들은 축 늘어지고 가녀린
느낌표들만 점점 늘어났다. 물론 몇 가지 물음표들도 기억은 난다.
나는 왜 이 모양일까? 뭐 해먹고 살지? 나는 왜 뭐든 오래 못 할까?
나는 왜 이렇게 사람을 쉽게 싫어할까? 왜뭐왜왜를 들이대며 잠을
설쳤다. 그 물음표들이 난동을 부릴 때만 해도 지금처럼 작가로 지낼
줄은 꿈에도 몰랐다.

　작가로 지내기로 한 건 그렇게 되었다 치고, 과연 나는 어떤
작가인가? 정체성이랄까? 나의 정체는 내가 밝히기보다 타인에
의해서 밝혀지는 것이 선명할 것 같다. 그렇다면 사람들은 나를
어떻게 여길까? 나는 젊은 시인이라고 소개되는 경우가 있고, 잘생긴
에세이스트라고 소개되는 경우가 있고, 형용사 없이 작가라고
소개되는 경우가 있다. 아, 여담 하나가 떠올랐다. 3년 전쯤이었나,
몹시 더운 여름 바닷가였고 나는 밀짚모자를 쓰고 있었다. 나의
지인이 자신의 지인에게 나를 소개하며 "이쪽은 작가야"라고 말했다.
그러자 그분은 나에게 "오, 도자기 구우시는 거예요?"라고 물어온

일도 있었다. 호호호. 내가 형용사를 소중히 여기게 된 시점은
바로 그날부터였다. 하여간 나의 에세이보다 나의 시를 먼저 읽은
사람들에게 나는 시인일 테요, 나의 시보다 나의 에세이를 먼저 읽은
사람들에게 나는 에세이스트일 테다. 그렇담, 아직 나의 텍스트를
읽지 않은 사람들에게 나는? 만약 시도 에세이도 아닌 텍스트를 처음
읽는다면? 이를테면 갑자기 소설이라면? 나는 소설가로 소개될 수도
있을까? 어, 그것 참 재밌겠는데?

　　그런 이유로 나는 지금부터 한두 시간 정도 소설을 쓸 것이다.
써본 적이 있냐고? 물론 없다…. 그렇지만 나는 달짝지근한
비밀도 소유했고 텁텁한 거짓말도 맛본 사람이니까…. 시를 쓰기
전에도 시를 써본 적이 없었고 에세이를 쓰기 전에도 에세이를
써본 적이 없었으니까…. 아! 그러고 보니 대학교 때 소설을 써본
적이 있다. 광고를 전공한 나는 학기마다 국문과 전공 수업을 교양
과목처럼 듣곤 했다. 여타 교양 과목이 2학점인 반면에 전공 과목은
3학점이어서, 교양 6학점을 채우기 위해 수업을 세 과목 수강할
것을 두 과목만 수강하면 되니까 쏠쏠했다. 하지만 쏠쏠함과는
별개로 당시 내가 어떤 소설을 썼는지 도무지 기억나지 않는다.
단지 정확하게 기억나는 한 가지는 국문과 교수님이 나에게 해주신
조언의 장면이다. "광고과 학생이라 그런지 신(scene)에 대한
묘사가 뛰어나요. 반면에 플롯(flot)에 대한 힘은 빈약하고요.
그러면 지루해지기 쉬워요." 이 장면의 하이라이트는 교수님이
플롯의 프을 발음하실 때 p가 아니라 f 발음이었다는 것이다. 나는
그때 "교수님! 플롯은 flot이 아니라 plot 아닌가요?" 하고 반문하고
싶었지만, 타과 학생으로서 쪽수가 밀렸기 때문에 잠자코 있었다.
대신 사뭇 진지한 표정으로 고개를 끄덕이며 노트에다 '교수님…

영어 이름은… 조언. K. 롤링… 깔깔깔…' 하고 끼적일 뿐이었다.

어렴풋하지만 그때 교수님으로부터 '주변의 가장 비밀스러운 것으로 시작하라'는 조언도 들었던 것 같다. 비밀스러운 것? 숨김이 있는 것? 파헤치고 싶은 것? 지금 여기로 말할 것 같으면 새벽 2시, 남한의 31세 싱글맨의 자취방. 이 남자에게 비밀이 있다면, 고독하다는 것이다. 인스타그램에서는 혼자서 모든 것을 거뜬히 해내는 젊고 잘생기고 씩씩한 남자이지만, 이 남자는 고독하다(왠지 '고독하다'고 써버리니까 이야기가 있을 것만 같다. 이 남자가 가진 고독의 증거로 소설을 시작하면 될 것 같다!). 그렇다면 무엇이 이 남자의 고독을 반증하는가? 직접 차린 맛있는 메뉴를 혼자 다 먹어야 한다는 것? 설거지할 때 내려가는 고무장갑을 끌어올려줄 사람이 없다는 것? 등에 바디로션 발라줄 사람이 없어서 매일 유튜브로 요가를 한다는 것? 이런 것들은… 의심이 되지 않는다. 비밀이란 자고로 의심이나 호기심을 사야 하는 법! 내가 만약 다른 사람 집에 갔을 때 집주인이 잠시 자리를 비운다면? 나는 어디를 뒤져볼 것인가? 이 소설은 이 질문에서 출발한다. 그리하여 다음 문단부터 내 생애 두 번째 소설을 나열해본다.

이것은 어제, 밤, 에 있었던 따끈따끈한 일이다. 무슨 일이길래 그러냐고? 요즘 내가 만나는 남자인 택이네 집에 간 일이다. 라면을 먹으러.

영화 「봄날은 간다」에서는 여성 주인공인 이영애가 본인의 집 문턱에서 남성 주인공인 유지태에게 "라면 먹고 갈래?" 하며 은근한 물음표를 던졌지만, 어제의 나와 택이는 조금 달랐다. 여성 주인공인 내가 택이의 집 문턱에서 "라면 먹고 갈래" 하며 단호한 온점을 찍었으니까. 택이는 "그럴래? 대신 니가 끓여야 됨"이라고 말했다. 나는 택이의 이런 면이 마음에 든다. 이런 면을 좀 풀어서 써보자면… 꼬들꼬들한 면이랄까.

택이는 내가 라면을 끓이는 동안 자기가 금방 씻겠다며 곧장 화장실로 갔다. 택이가 화장실에서 씻는 동안 나는 싱크대에서 손을 씻고 부엌을 살폈다. 싱크대 선반에 신라면이 딱 두 개 있었다. 이예. 이렇게 우연히 딱 떨어져 있으면 기분이 좋다. 자 이제 그다음, 라면 두 개가 담길 만한 냄비가 어디 있나, 싱크대 아래쪽 찬장을 살피니 프라이팬 위에 냄비가 하나 있었다. 라면 두 개를 끓이기엔 애매해 보이는. 아, 혼자 사는 30대 남성의 부엌이란. 아아, '남성'이란 표현을 빼야겠다. 나의 부엌도 비슷한 처지니까.

두 개는 좀 어렵지만 그래도 한 개 반 정도는 가능해 보였기에 그 냄비를 집어서 정수기에 물을 받았다. 이 녀석, 혼자 살면서 정수기를 쓰다니. 방심하기는 어려운 남자라는 생각을 하면서 라면 봉지를 뜯었다. 라면을 끓일 때 사람마다 요령이 있겠지만 나는 수프보다 면을 먼저 넣는 쪽이다. 면이 익으면서 기름이 물에 풀리는 그때 수프를 넣어야 맛있다고 믿는 것이다. 물론 이것은 어디까지나 나의 믿음, 그리고 이렇게 끓여서 맛을 본 사람들의 믿음일 것이다. 반대의 믿음도 마찬가지고.

물이 끓는 동안 그리고 택이가 샤워하는 동안 택이의 부엌을 마저 살펴보고 싶었다. 싱크대 옆쪽과 아래쪽은 살폈으니 이제 까치발을

들어 위쪽을 열었다. 이게 웬걸. 책이, 아니 책들이 있었다. 어떤
책인지 알고 싶었지만 표지가 보이지 않게 거꾸로 꽂혀 있었다. 대충
봤을 때 일곱 권 정도는 되는 것 같았다. 책제목이 궁금하긴 했지만
의자를 밟고 올라가서 한 권 한 권 제대로 살펴보는 품은 들이고
싶지 않았다.

　대신, 이 집에는 책장이 없나? 싶어서 집을 한 바퀴 둘러봤는데
거실에 3단 책장이 있었다. 다만 철 지난 잡지 몇 권이 맨 아래 칸에
있었고, 찻잔 세 세트와 커피포트가 맨 위 칸에 있었다. 중간 칸은
모자가 세 종류로 나뉘어 쌓여 있었다. 벙거지, 비니, 캡. 그러니까
책장에 책은 없었다는 말이다. 정수기가 있는 것보다 훨씬 신선했다.
책장에 책을 안 두고 싱크대에 책을 두는 녀석이라니. 책장에 수저를
놓지 않은 게 아쉬울 정도였다.

　물이 끓어서 면 두 덩이를 먼저 넣었다. 면이 풀리는 동안
내 호기심도 좀 풀고 싶었다. 이 집에 있는 모든 장을 열어보고
싶어졌다. 남은 건 신발장과 옷장. 신발장을 보려고 현관에 갔는데
내 신발과 택이의 신발이 현관문 방향으로 가지런히, 나중에 나갈
때 신기 편하게 놓여 있었다. 난 이렇게 벗어놓지 않았는데. 근사한
습관을 지녔군, 하며 신발장을 열었으나 신발장에는 신발만 있었다.
　남은 건 옷장. 옷장을 보러 갈 때 부엌을 지나쳐야 해서 냄비를
봤는데, 면이 아직 덜 풀렸다. 두 덩이를 넣어서 그런지 한 덩이
넣었을 때보다는 천천했다. 옷장은 이 집의 다른 장들과는 달리 문이
양쪽으로 두 개였다. 한 쪽씩 열어주며 내 호기심을 만끽할 심산으로
오른쪽 문부터 열었다. 옷들이 가지런히, 택이가 즐겨 입는 블랙
컬러 옷들이 맨 오른편 끝에 있고 옷장 안쪽으로 오면서 서서히

밝아지는 구성이었다. 마음에 드는 구성이었다.

자 이제 남은 건 옷장의 왼쪽 문. 이 문을 곧장 열어젖히고
싶었지만 화장실에서 샤워기 소리가 멈췄다. 그 소리에 놀라서
부엌으로 돌아갔다. 범죄를 저지른 건 아니지만 몰래 남의 집 곳곳을
살피는 게 찔렸다. 면발이 익어서 분말 수프와 건더기 수프를
넣었다. 다행히 택이는 아직 나오지 않았고 드라이어 소리가 들렸다.
나는 다시 옷장으로 향했다.

이제 옷장의 왼쪽 문. 을 열었다. 오른쪽과 달리 봉이 없어서
옷들이 걸려 있지 않고 칸칸이 쌓여 있었는데, 위에서 세 번째 칸
그러니까 나의 높이로는 이마 정도, 택이의 높이로는 어깨 정도에
위치한 칸은 책꽂이로 사용되고 있었다. 어떤 책이 있었는지 다
기억나진 않지만 대충 돌아보자면… 책 읽어주는 남자, 데미안,
건축가가 사는 집, 개념 미술, 내가 얼마나 많은 영혼을 가졌는지,
우아하고 호쾌한 여자 축구 등등. 택이를 읽어보고 싶어졌다는
생각이 드는 찰나, 라면 냄새가 문지방을 넘기 시작했고 택이도
머리까지 다 말렸는지 화장실 문을 열고 나왔다.

마주 앉아 라면을 먹으며 택이는 나에게 "근데 진짜 라면만 먹고
가는 거?"라며 평소처럼 실없는 말을 건넸다. 그렇지만 나는 녀석의
책장을, 아니 옷장을 열어본 사람. 녀석의 말이 더 이상 실없지가
않았다. 옷을 잘 입는 것과는 별개로 옷장 안에 다양한 장르가 있는
사람. 비상금도 도장도 아닌 책을 넣어두는 사람. 가슴 왼쪽에
심장이 들어 있듯 옷장 왼쪽에는 뜨거운 문장을 들여두기도 하는
사람.

나는 나의 집에 돌아와 택이를 생각하며 내 옷장을 열었다. 다음에는 어떤 옷을 입고 나갈까. 어떤 옷을 벗기게 할까. 나도 그때까지 몇 줄의 문장을 넣을 것이다.

태재

저는 그냥, 설거지할 때 부엌 창문으로 드나드는 바람만 있으면 만족해요. 방충망이
있으면 바람은 더 자세하게 들어오죠. 그런 바람처럼 책방을 다니고 있어요. 하루하루,
송골송골.

2020 「책방이 싫어질 때」, 2019 「스무스」, 2017 「위로의 데이터」를 출간했습니다.

오늘 밤의 플레이리스트

임진아

*

거리감이 중요한 시대가 되었다. 이렇게 될 줄 알았다는 양
미리 계획했다면 무얼 준비할 수 있었을까? 서둘러 아침에 떠나고,
전날보다 바쁜 낮을 살았을까. 그런 날들을 잃은 사람처럼 매일의
일력을 힘 없이 뜯고 있는 요즘. 누군가는 여행을, 누군가는 환기를,
누군가는 활기를, 누군가는 접촉을, 또 누군가는 그저 반복되던
일상을 그리워하게 되었다. 나는 그리워하기도 전에 머릿속이
복잡해졌다. 언젠가부터 인생의 좋은 점을 알아내는 게 의무인 듯
살고 있는 나에게는 갑작스러운 큰 변화가 당황스럽기만 하다. 누가
그랬던가? 평소에 말이 많고 시종일관 남을 웃기려는 사람은, 그간
그래야만 버틸 수 있었기에 그런 사람이 된 거라고. 나는 매일의
좋은 점을 알아야만 내일을 살 수 있는 사람인지도 모르겠다.
누군가는 나를 고작 빵과 커피에 기뻐하는 소소한 사람으로
생각하겠지만, 반은 맞고 반은 아프다. 아침에는 빵 먹을 생각에
하루를 겨우 시작하고, 밤에는 내일의 커피를 떠올려야만 미련 없이
잠들 수 있으니. 그렇게 매일이 어려움의 반복인데, 코로나19가
더해지니 풀어야 하는 문제가 많아졌다. 매일의 문장에 '그럼에도
불구하고'를 겹겹이 붙여넣고 있다.

멀어진 것들이 무얼까 세기도 어렵다. 손가락을 전부 사용할
필요가 없다는 생각이 들자 세려던 걸 포기했다. 그간 일상이
좁았다는 게 여실히 드러났다. 여행과 음악. 음악과 여행. 여기에서
생각이 멈추자 그간 공연을 보기 위해 여행을 다녔던 지난 나의
시간들이 떠오른다. 점심을 3시에 먹듯이, 뜬금없는 날에 떠날
수 있기에 가능했다. 떠나볼까 하는 마음이 들면 항공권이 아닌

좋아하는 음악가의 라이브 일정을 체크해보았고, 떠날 생각이
없더라도 놓칠 수 없는 라이브 소식이 떠오르걸랑 곧장 여행자가
되었다. 여러모로 떠날 자격은 없지만 후회하고 싶지 않다는 게
당시의 솔직한 마음이었다. 미래의 나에게 모든 일을 맡기고
마주했던 여행과 공연으로 인해서 채워진 것들은 나에게 남아 있고,
어느 부분은 이미 내가 되었을 테다. 이제는 지금의 나도, 미래의
나도 쉽사리 떠날 수가 없다. 여행을 가야 길도 헤매고, 무언가를 잘
모르는 상태에서도 씩씩하게 직진할 수 있을 텐데.

　사라진 것은 많았다. 사라진 곳들이 한순간에 내 주변에
생겨났다. 사라짐이 생기다니, 아주 이상한 말. 그렇게 이상한
매일을 만들고 있다. 아끼던 동네 서점이 결국 문을 닫자, 더 이상 이
문제의 좋은 점을 못 찾겠다는 듯이 연필을 쾅 내려놓았다. 어른이
된 내가 고른 마을에서 '동네'라는 감각을 알려준 서점이었다.
들어가기만 하면 오늘이 나쁘지 않아지는 장소. 그 장소가 사라지자
기댈 곳을 잃은 기분이 들었다. 게다가 작업실과 집을 이사하면서,
당연했던 동네에서 나 또한 사라져버렸다. 어떤 하루를 만들어주던
장소들의 자국을 마냥 추억거리로 삼을 수 있는 것도 여유의 한
종류였을까. 사라진 자국들이 아프기만 해 집 밖으로 나가기가
어려워졌다.

　하지만 나는 여전히 같은 사람. 오늘의 좋은 점을 찾는 것은
무의식에 자리 잡았는지도 모르겠다. '그럼에도 불구하고'의
사전적인 의미가 '비록 사실은 그러하지만 그것과는 상관없이'가
아닌, '비록 사실은 그러하지만 그것과는 상관 있이'로 바뀐다면야
가능한 일이었다. 이제 세상에는 넓은 간격이 생겼고 당연한 것들을
당연히 못 하게 되었기에 새롭게 생겨난 것들이 있다. 발산하고
싶은, 감상하고 싶은 마음. 만나고 싶은 마음, 보고 싶은 마음으로

또렷하게 생겨난, 친숙하지만 전에 없던 장면들. 결국은 지금을
인정하게 되는 순간은 어떻게든 찾아오기 마련이었다. 실은, 내가
찾아서 마주한 순간들이었다.

어느 늦은 밤, 좋아하는 밴드의 한 멤버가 유튜브 생중계를
시작했다. 집 안에서 열리는 작은 라이브였다. 작년 가을에 결성
20주년 기념 공연을 봤고, 그 전에도 여러 번 공연을 본 적이 있지만,
그의 집에서 하는 공연은 처음이었다. 게다가 카메라는 바닥에서
천장을 바라보는 시점. 어떤 공연장도 이런 좌석은 없었다. 그는
어두운 방에 작은 조명을 켜두고 편안한 복장으로 카메라 앞에
앉아 묵묵히 노래를 불렀다. 기타 하나만 슬며시 껴안고 부르는
노래와 잔잔한 멘트가 내 컴퓨터에 흘러나오던 아직은 추운 날. 책이
가득해서 쏟아질 것 같은 책장 앞에 앉아 내가 좋아하는 노래를
부르는 그의 모습을 바라보며, 나는 그제야 일전에 던진 연필을
다시금 잡기 위해 손을 더듬거렸는지도 모르겠다. 노래를 부르는
곁에는 뜨거운 전기스토브가 이글거리고 있었고, 내 방도 마침 함께
추웠다. 어떤 곡을 라이브로 부른다는 건 사실 곡의 민낯을 보여주는
것처럼 느껴진다. 무엇보다 이 노래를 처음 흥얼거렸을 음악가의
어떤 날을 괜히 상상해보게 되면서 감상의 폭이 괜한 쪽으로
확대된다. 내가 사는 마을에서 그가 사는 마을로. 내 방과 그의 방이,
함께 보는 모든 이의 방이 환해진다. 조용히 흐르는 노래를 곁에 둔
모두가, 아무도 모르게 이어진 밤이었다.
또 어느 밤의 나는 옥상으로 갔다. 좋아하는 또 다른 밴드가
옥상 라이브 영상을 새롭게 게시했다. 해가 미처 지지 않은 저녁
시간. 밤으로 다가가는 시간이었다. 걸어둔 조명들이 수줍게
반짝이고 있었다. 어둡게 핑크색이 된 하늘은 어디까지 뻥 뚫려

있는 걸까. 영상만 틀면 다시금 여행의 기분이 들어서, 정말로 그 앞에 앉아 있는 것만 같아서, 내가 없는 도시의 옥상 라이브를 몇 번이나 보았다. 마치 실제로 본 걸 다시 보는 듯한 기분이 드는 건 왜일까. 덕분에 아주 조금은 웃음을 지어보게 된 것 같다. 조금 더 나이가 들었을 때 이 영상에 대해 떠들게 된다면, 마치 맨 앞 줄에서 본 사람처럼 종알거릴 것만 같다. 공기가 어쩌고 날씨가 저쩌고, 돌아가던 길에는 어땠느냐면, 하면서. 이렇게 너스레를 떨고 싶은 밤이 언젠가 정말로 찾아올 것만 같다. 슬프지만 재미있는 사실은, 실제 눈앞에서 벌어지는 라이브는 반복할 수 없지만 이 허풍은 반복할 수 있다는 것이다. 영상을 다시금 재생하기 위해 섬네일에 커서를 갖다대자, 옥상의 바람이 휙 하고 불어온다. 모니터 속 영상으로 접하는 공연이 차츰 당연해졌고, 무한히 반복할 수 있는 밤이 지금에 맞는 방식으로 내 주변에 생겨났다.

그렇게 매일 주어지는 밤은, '가짜'를 느끼는 시간이 되었다. 좋아하는 만큼 만끽할 수 있는 가짜의 밤. 이걸 어떻게 활용할 수 있을까. 방법은 다양하고 생각보다 쉬웠다. 원래 나는 밤을 끔찍하게 아껴왔다. 내 인생을 좋아할 수 있는 가장 탁월한 시간대기에. 그간 밤을 좋아했던 건 밤이 되어야만 노래가 선명히 들렸기 때문이고, 아침과 낮에 잃어버린 나를 겨우 찾을 수 있는 시간이기 때문이었다. 나는 늘 나와 함께지만, 매번 다른 내가 있다. 어떤 일을 할 때는 '나를 잊은 나'가 모니터를 바라보고, 어떤 아침에는 '나를 준비시키는 나'가 커피를 내린다. 밤이 찾아와 좋아하는 노래를 틀면 나는 '그제야 만나는 나'가 되어 나를 마중 나온다. 그런 '나'는 밤이 되면 어디라도 떠날 수 있었다.

예전에 내가 좋아했던 밤을 흉내 내보기로 했다. 가짜로 만든 어느 한밤중에 나는 '오늘 밤 라이브'라는 이름의 플레이리스트를

만들었다. 라이브 앨범이 있는 뮤지션을 찾아 오늘의 셋리스트를
꾸려볼까 하는 생각이 들자 마음이 들끓었다. 현실에는 없는
공연인데도 며칠 밤을 고민하면서 아는 곡을 듣고 또 들으며, 오로지
나에게 완벽한 셋리스트를 완성했다. 라인업은 네 팀이고, 첫 번째
순서는 솔로(세 곡), 두 번째는 밴드(두 곡), 세 번째는 밴드에 속해
있지만 오늘만큼은 솔로로 등장(앙코르곡까지 다섯 곡), 그리고 네
번째는 더 이상 같은 지구에 존재하지 않는 밴드(두 곡). 총 51분의
재생 가능한 오늘 밤 가짜 라이브. 몇 해 전 낯선 도시의 공연장에서
찍었던 사진 한 장을 골라 플레이리스트의 대표 사진으로 설정을
해두니 모든 게 완벽했다. 완벽히 꾸며진 하루가 되었다. 그제야
누구나 들을 수 있도록 공유했다. 이런 메모와 함께.

"누군가의 노래를 바로 앞에서 듣는다는 게 꿈만 같아진 요즘이라
내가 듣기 위해 만든 플레이리스트입니다. 아마 같은 마음인 분들이
있을 것 같아서 공개를 합니다. 좋은 곡들이 이어지니 마치 오늘 밤
라이브를 보는 마음으로 들어주세요. 어떤 꿈같은 라이브보다 더
꿈같을 거예요."

라이브로 향하고 싶었던 이들이 천천히 모여들었다. 오고 나감이
보이지 않는 공연장의 문이 자주 들썩였다. 같은 공연을 다른 날,
다른 시간대에 보게 되는 시대. 매일 떠날 수 있는 공연장을 가까이
둔 것만 같아 더 이상 다음을 서두르지 않게 되었다. 그리고 그제야
그리워졌다. 무엇을 그리워하면 좋을지를 찾은 듯했다.

방금 부른 노래가 바로 내 귀에 와닿고 드나드는 사람들의 발자국
소리가 거칠게 들리던, 온갖 소리와 땀 냄새로 가득한 공연장에
여행을 가던 시절이 돌아왔으면 좋겠지만, 어쩌면 나는 이제야
만들어진 코로나식 소통이 꽤나 편안한 사람인지도 모르겠다. 그저,
좋아하는 것을 지금에 맞게 좋아하며 언제까지라도 조심히 지내고

싶다. 그리워할 것들을 기왕이면 누구보다도 뜨겁게 바라고 싶다.

　전에는 있었지만 지금은 잃어버린 것을 무엇으로 채울
수 있을까. 지금을 지나면 무엇을 얻을 수 있을까. 우리는
어쩌면 분위기 부자가 되어 있지 않을까. 어쩌면 개인이
누릴 수 있는 망상의 능력이 팽창되어 있진 않을까. 어쩌면
'남의 마음을 그때그때 상황으로 미루어 알아내는 것'을 의미하는
눈치처럼, '가거나 겪지 않아도 경험상으로 미루어 알게 되는 것'을
뜻하는 신어가 생겨나지 않을까. 과거에 당연했던 사치를 좋은
안주로 삼게 되지 않을까. 도착지 없이 그저 먼 길을 돌아가는 게
바로 인생이라고 생각하게 되지 않을까. 여행지의 낯선 길에서 만난
신호가 긴 횡단보도에서의 순간처럼, 도착지보다도 무의식으로 서
있던 장소를 끝내 기억하게 되지 않을까.

　코로나 시대가 시작되지 않고 그저 비슷한 날들이 이어졌다면
나는 몇 번의 여행과 공연을 보러 떠났을까? 그때도 어김없이
후회하지 않을 마음을 택했을까? 이런 의문은 꼭 밤이 아닌 시간에
떠오르고, 음악가와 내가 꾸리는 가짜 시간에 몰두해 있는 동안에는
아무것도 상관이 없어진다. 그리운 것을 상상할 때의 방향은
과거보다 미래를 향하는 쪽이 기쁘니까.

　이제는 지금이 당연하다. 오늘도 밤이 되면 가장 눈에 담고
싶었던 장면을 또렷하게 상상하면서 되도록 가짜에 가깝게 지낸다.
오히려 예전보다 아침을 멀리하게 되었고 바깥에서 노래를 듣는 일이
현저히 줄어들었지만, 아직은 공개하지 않은 플레이리스트에 여럿의
밤이 채워지고 있다. 이 플레이리스트들을 언젠가 현실에서 마주하게
되는 날에 다시 이 글을 들춰보고 싶다. 완벽히 오늘에 가까운 이
일기를, 어쩌면 밤을 가장 사랑했을 오늘을.

임진아
읽고 그리는 삽화가, 생활하며 쓰는 에세이스트. 누군가의 어느 날과 닮아 있는 순간을
그리거나 씁니다. 지은 책으로는 「빵 고르듯 살고 싶다」 「아직, 도쿄」 「사물에게 배웁니다」가
있습니다. 한 곡의 노래를 들으며 오늘을 기록하는 노래 일지 '이 노래의 자초지종'을
블로그에 쓰고 있고, 동명의 소책자를 만들었습니다. 애플뮤직 앱에서 imjina를 검색하면
플레이리스트를 함께 들을 수 있습니다.

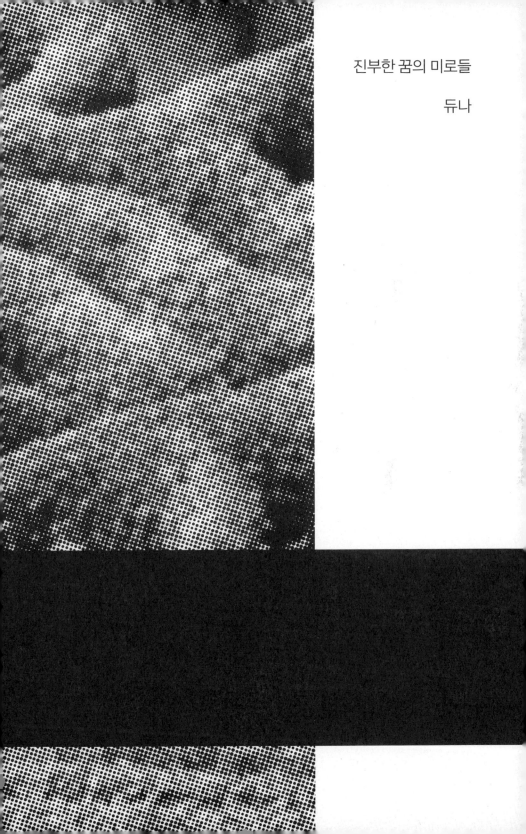

진부한 꿈의 미로들

듀나

*

　나는 허구의 이야기, 그것도 사실주의에서 벗어난 장르의
이야기를 쓰는 사람이기 때문에, 꿈에서 영감을 받은 글이 있느냐는
질문을 종종 받는다. 분명히 꿈에서 영감을 받은 것은 단 하나다.
「태평양 횡단특급」.

　'원작'이 되었던 꿈은 다음과 같다. 나는 열차에서 이자벨
아자니를 만났다. 당시 이 배우의 작품을 하나하나 챙겨보고 있었기
때문에 팬심이 꿈에서 결실을 맺은 것이다. 식당칸이었다. 하얗고
밝았고 창문이 컸다. 당시 열차 식당칸에 대한 내 지식 대부분은
알프레드 히치콕의 「북북서로 진로를 돌려라」에서 왔기 때문에 꿈도
그 분위기를 풍겼다. 나는 당연한 듯 역방향 좌석에 앉아서 아자니와
품위 있고 고상한 대화를 했다. 내용은 기억나지 않지만 그랬던 것
같다. 그러다가 창문으로 밖을 보았는데, 기차는 끝이 보이지 않는
긴 다리 위를 달리고 있었고 그 다리는 바다 위에 세워져 있었다.
근처에 육지가 있었는지는 잘 기억이 나지 않는다. 사실 내가 이
글을 쓰면서 떠올리는 이미지가 정확한지도 잘 모르겠다. 꿈에 대한
기억은 늘 세월이 지나는 동안 새로 창작되기 마련이다. 하지만
이자벨 아자니와 바다 위 다리를 달리는 열차라는 핵심 재료는
바뀌지 않는다.

　「태평양 횡단특급」을 어떻게 쓰게 되었는지는 잘 기억이 나지
않는다. 하지만 전 세계가 철도로 연결되어 있고 대양 위에 철도를
연결하는 다리를 건설하는 회사 이야기를 쓰면서 당시 꿈을 떠올린

건 분명하다. 물론 꿈에서 몽땅 시작된 건 아니다. 현실에서 가져온 것도 많다. 에리히 캐스트너의 동화, 친구와 나눈 예술의 유한성에 대한 토론과 같은 것. 그래도 꿈의 영향이 이렇게 컸던 글은 많지 않다. 좀 더 많았다면 좋았을 텐데.

*

한동안 꿈을 기록하려고 했다. 2년 정도 일기도 썼다. 꿈의 기억은 대부분 깨는 즉시 증발해버리기 때문에 잠에서 깨어나 자각몽이 되는 그 순간을 노려 이야기를 정리해야 한다. 하지만 그러는 동안에도 기억은 날아가버리고 남아 있는 기억은 왜곡된 상태로 남는다. 나는 기승전결과 논리가 있는 이야기를 쓰려고 하는데, 대부분 꿈은 그런 것이 없기 때문에. 자각몽 상태에서, "와, 이건 멋진 이야기의 재료가 되겠어!" 하며 기록했던 이야기 중 정말로 쓸 만한 건 거의 없다. 다들 그냥 멋진 이야기인 것 같은 인상만 주었을 뿐이고 실제로는 이야기도 아니었다. 꿈이란 그런 것이다. 그리고 꿈을 소재로 한 작품을 만드는 사람들은 대부분 진짜 꿈을 모방하는 게 아니라 우리가 꿈 또는 꿈같다고 생각하는 전형성을 따른다. 지난 세기 초현실주의자들이 열심히 길을 닦아서 이는 장르화되었다. 그리고 당연한 일이지만 굳이 이를 따를 필요는 없다. 크리스토퍼 놀란의 「인셉션」은 장르화된 꿈의 논리 따위는 개무시한 작품이지만 여전히 좋았다.

*

나는 내가 주인공인 꿈은 자주 꾸지 않는 편이다. 기껏해야

10퍼센트 정도? 한 20퍼센트 정도는 다른 캐릭터를 연기하는
내가 나온다. 나에 대한 기억은 갖고 있지만 다른 사람의 모습을
하고 있고 다른 사람처럼 행동한다. 50퍼센트 정도는 완전히 다른
사람이다. 40퍼센트 정도는 내가 존재하지 않는다. 내가 관객인
영화를 보는 것이다. 다 합치면 100이 아니라고? 어쩔 수 없다.
꿈에 대해 이야기하면서 정확한 숫자를 따지는 건 의미가 없다. 그냥
그렇게 느껴진다는 것만 알아주시면 좋겠다.

다른 사람의 꿈과 일대일로 비교하는 것이 불가능하기 때문에
뭐랄 수는 없지만, 내 꿈은 내 수줍음의 영향을 받는 것 같다.
모험의 주인공으로서 나는 정말 쓸데없기 때문에 더 사교성 있고
더 적극적이고 더 유능한 아바타가 필요하다. 위에서 언급한
열차 꿈에서도 나는 아마 내가 아니었을 것이다. 칸 영화제에서
여우주연상을 받은 대배우와 대화를 나눌 자격이 되는, 아마 외국어
실력도 출중한, 내가 영화 속에서만 보아온 화려함과 부유함을 갖춘
누군가. 잘은 모르지만 바다 위를 달리는 열차를 타려면 돈이 꽤
많이 들 것 같지 않은가?

하지만 앞으로 다룰 꿈은 대부분 내가 주인공인 것들이다.
깨어나서 그냥 꿈이구나 하고 넘기기 쉽지 않았던, 현실과 꿈의
경계선에서 나름 무게를 갖고 버티던.

*

한동안 하늘을 나는 꿈을 꾸었다.

10대 후반에서 30대 초반까지였던 것 같다. 꿈의 내용은
다양했지만 공통점은 모두 하늘을 날았다는 것이다. 피터팬처럼
자유롭게 날았다면 그렇게 큰 의미를 부여하지 않았을 것이다.
여기엔 어떤 현실적인 물리법칙이 있었다.

　　비행은 공중부양으로부터 시작한다. 어떻게 하는지는 다
잊어버렸지만 꿈속의 특별한 상태에서는 몸을 띄울 수가 있다. 이건
굉장히 현실적인 경험으로, 육체에서 분리된 경험이 있다고 주장하는
사람들 대부분이 이런 꿈을 꾼 게 아닌가 생각한다. 나 역시 천장
모서리 근처에 둥둥 뜬 채 밑의 침대를 바라본 꿈을 꾼 적 있는데,
여기에 내 몸을 보는 경험만 추가한다면 정말 그럴싸해지지 않을까.

　　일단 몸을 띄운 뒤에 진짜 비행이 시작된다. 높이 날지는
못하고 지상으로부터 몇 십 센티미터에서 1미터 정도의 높이에서
무게중심을 옮겨가며 전진한다. 떨어질 것 같으면 역시 무게중심을
옮기는 방식으로 위로 올라갈 수 있는데, 추락 공포를 극복한다면
꽤 높이 오를 수 있다. 내 기억으로는 건물 5층 높이까지 오른 적이
있다. 하지만 늘 불안하다. 나를 하늘로 띄우는 힘은 늘 불안하고
언제든 추락할 수 있기 때문에.

　　불안하게나마 하늘을 날 수 있던 꿈의 영토는 꽤 오래
유지되었다. 언제 이 세계가 사라졌는지는 기억이 나지 않는다.
아마도 나는 꿈속에서도 나는 법을 잊어버린 모양이다.

　　이런 꿈을 꾸는 게 나만의 경험이 아니라는 것은 무라카미
하루키의 에세이 「공중부양 클럽」에 대해 전해 듣고 알았다.

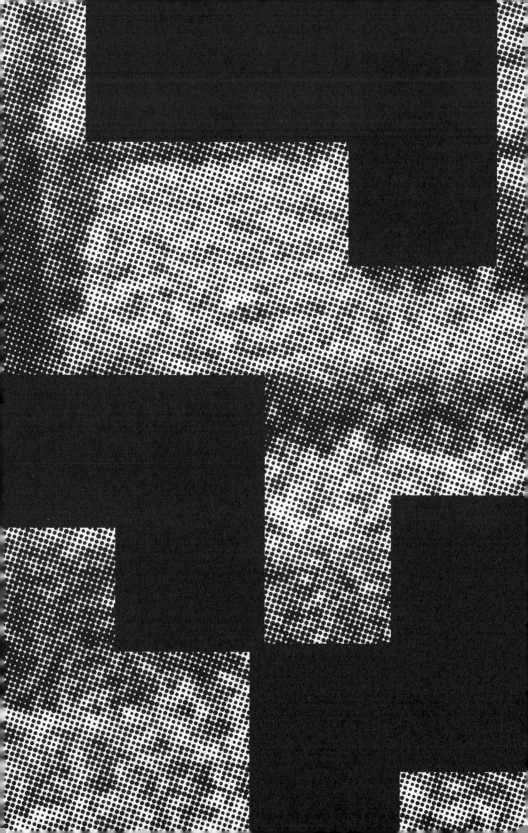

공중부양에 대한 꿈을 꾸게 하는 것과 비슷한 두뇌의 메커니즘이 이런 식의 비행을 가능하게 하고, 그 때문에 사람들이 공통된 꿈을 꾸는 것이라고 생각한다.

종종 이 경험을 이용해 이야기를 써볼 생각을 했다. 하늘을 아주 느리게 나는 초능력자들의 이야기. 빠르게 나는 초능력자들의 액션이 비행전이라면 이건 해전이나 잠수함전과 같은 것일 수 있지 않을까? 하지만 굳이 그런 설정을 만들 필요는 없었다. 무중력 상태의 우주를 배경으로 한다면 굳이 초능력을 도입하지 않아도 비슷한 비행을 그릴 수 있으니까. 지금 생각해보니 더 이상 이런 꿈을 꾸지 않는 건 일을 위해 깨어 있을 때 유사한 비행을 상상하기 때문인 것 같다.

그래도 가끔은 그때가 그립다. 어설프게나마 하늘을 나는 초능력이 있던 시절.

*

하늘을 나는 꿈만큼 자주 꾸는 꿈은 달아나는 꿈이다. 이건 이해가 간다. 나는 창작자니까. 평가받는 게 두렵고, 그걸 폭로당한다고 생각하게 되는 직업이다. 나는 보통 스토커에게 쫓기거나 은행에서 돈을 훔친 강도거나, 변장이 발각된 사기꾼이다. 그냥 이유 없이 경찰에 쫓길 때도 많다. 이런 꿈에서 나는 늘 내가 현실 세계에서는 갖고 있지 않은 능력을 쓴다. 그런 걸 쓰지 않는다면 꿈은 어처구니없이 짧게 끝나버릴 테니까.

가장 자주 쓰는 건 벽 속으로 들어가는 초능력이다. 이 능력의

기원은 마르셀 에메의 단편 「벽 속으로 들어가는 남자」임이
확실하다. 재빨리 변장하는 능력도 있는데, 이럴 때 내 모습은 거의
10여 분마다 바뀐다. 바뀔 때마다 늘 성을 바꾸는 경향이 있고
변장하는 곳은 늘 공중 화장실이다. 책이나 영화를 통해 공간 도약의
개념을 감각적으로 익혔지만 거기까지는 도달하지 못했다.

하늘을 나는 꿈만큼 자주 꾸지는 않았지만 이 꿈은 지금까지도
살아남았다. 그리고 하늘을 나는 꿈과는 달리 대부분 뒷맛이
별로다. 그래도 도주의 쾌락이 없다고는 말하지 못하겠다. 이 꿈을
어떻게 써먹을지는 결정하지 못했다. 이런 건 모두 슈퍼히어로 장르
클리셰인데, 지금 이 장르의 글을 쓰는 건 좀 피곤한 일이다.

*

이전만큼 내 꿈에 자주 등장하지는 않지만 그래도 꾸준히 나오는
꿈속의 공간이 있다. 그렇게 신비스럽거나 문학적인 공간은 아니다.
둘 다 영화관이 있는 쇼핑몰이다.

왜 이런 꿈을 꾸게 되었는지 알 거 같다. 나는 그렇게까지
도심지와 가까운 곳에 살고 있지 않기 때문에 늘 가까운 곳에서
문화 생활을 할 수 있는 공간을 꿈꿔왔다. 걸어서 영화관에 가고
쇼핑을 하고 싶다는 소망이 꿈속에 반영된 것이다. 지금 이런 꿈을
이전보다 덜 꾸는 건 그동안 주변의 부도심들이 개발되어 내 소망이
충족되었기 때문이다. 여전히 자전거나 대중교통을 이용하긴 하지만
영화 보기는 이제 동네 외출이다. 걷는 것도 어렵지 않고.

*

꿈속의 공간 이야기를 조금 더 해보기로 하자. 한 군데는 내가
사는 동네에서 비교적 가까운 곳에 있다. 실제로 존재하는 동네들을
지나 계속 걷다 보면 있어야 할 언덕이 없고 가운데에 광장이 있는
네모난 건물이 나온다. 회색 콘크리트가 노출된 낡은 건물이고
일산 센트럴 플라자와 분위기가 조금 비슷하다. 영화관은 모두
지하에 있고 그중 하나는 엄청나게 크다. 늘 옛날 영화를 틀어주고
의외로 관객이 많다. 꿈과 현실 사이 중간의 비몽사몽한 상태에서는
이곳의 존재를 부정할 생각 따위는 한 적이 없었다. 그만큼 당연한
곳이었다.

다른 하나는 앞의 건물에서 90도 방향에 있고 조금 더 멀며
거기까지 가려면 산을 넘어야 한다. 산을 넘으면 현실 세계의 국철
1호선과 오묘하게 겹쳐지는 다른 세계가 나타난다. 그 세계는 내가
아는 곳보다 훨씬 현대화되어 있고 쇼핑몰도 신식이며 호텔도 하나
있다. 이렇게 쓰면 정말로 재미없는데, 실제로 그렇다. 지금은
주변에 널린 흔한 부심가의 풍경이기 때문이다. 이 꿈에서 재미있는
건 가상의 쇼핑몰과 영화관이 있다는 게 아니라 반복되는 꿈을 통해
내가 이 가상의 동네를 꽤 상세하게 구축했다는 것이다. 이 꿈을 꽤
자주 꾸었던 옛날에는 이 동네의 지도를 그리는 게 가능했다. 실제로
한 번 그렸고 집을 뒤지면 나올 수도 있을 거 같다.

요즘엔 이런 생각을 종종 한다. 내가 죽어서 내세에 간다면 그
세계는 내 기억과 상상으로만 이루어져 있을 것이다. 그건 내가
죽은 뒤에 그동안 꿈을 꾸며 만들었던 그 가상의 쇼핑몰들에 갈

수도 있다는 말이다. 나는 그 쇼핑몰 옆 호텔엔 가본 적이 없다.
호텔에 들어가는 건 당시 내 상상에서 벗어나는 행동이었기 때문에.
지금이라도 일부러 꿈을 꾸어 호텔의 서비스를 받아 기억을 만들어야
하는 게 아닐까. 죽은 뒤의 일상이 편하려면 일단 숙식이 편해야 할
테니까.

*

　마지막으로 할 이야기는 구체적인 꿈의 기억에 대한 것이 아니다.
꿈의 망각에 대한 것이라고 말하는 게 더 정확할 것 같다. 어차피
대부분의 꿈은 깨어나는 즉시 승화되어 버린다. 하지만 조금 다른
종류의 망각이 있다. 나는 이걸 밤잠에서 깨어날 때보다는 낮에
꾸벅꾸벅 졸다가 깨어날 때 자주 체험한다. 나는 그 꿈에서 지금과
완전히 다른 세상에서 완전히 다른 사람으로 완전히 다른 삶을 살고
있다. 그런데 꿈에서 깨어나면서 나를 중심으로 존재했던 하나의
우주가 송두리째 사라지는 것이다. 그 우주가 구체적으로 어떤
곳인지는 하나도 기억나지 않는다. 하지만 각각의 세계가 망각의
과정을 통해 파괴되어가는 느낌은 생생하다.

　이건 나만 겪는 체험이 아닐 것이다. 몇몇 초자연현상 연구가가
이를 바탕으로 한 가설을 내놓고 있다는 걸 알고 있기 때문에.
이들은 우리의 생생한 꿈속의 세계가 실제로 존재하는 수많은
평행우주라고 주장한다. 우리는 초자연적인 연결고리를 통해 각각의
세계에 사는 수많은 '나'와 연결되어 있고 가끔 그들의 체험이 꿈을
통해 우리 정신 속으로 들어오는 것이다.

*

이걸 믿어야 할 이유가 있을까? 대부분 초자연현상
연구가의 주장들이 그렇듯, 과학적 근거는 하나도 없다. 과학적
가설이라기보다는 SF적 상상이라고 해야 할 것이다. SF적 상상과
과학적 가설을 구분하는 건 중요하다. SF적 상상 상당수는 우리
문화의 자연스러운 일부가 되어 있어서 많은 사람이 그게 철저하게
허구라는 사실을 종종 잊는다. 예를 들어 고대 유적에서 우주선과
비슷한 물건이 나온다. 많은 사람이 이를 자연스럽게 외계인의
우주선이라고 생각한다. 하지만 우리가 미래의 우주선이라고
생각하는 기계의 모습은 과학 기술과 큰 관계가 없고 대부분 SF영화
디자이너들이 멋있으라고 만든 것이다. 꿈으로 연결된 평행우주도
마찬가지다. 그건 모두가 지나치게 익숙해진 SF 설정이다.

그래도 이런 경험을 할 때마다 망각 속으로 사라지는 세계들이
궁금하지 않을 수 없다. 나는 종종 내가 픽션을 쓰기 위해 만든
세계가 나의 개입이 사라진 뒤에 어떻게 되었을지 궁금하다. 내
생각엔 우리가 상상할 수 있는 존재들은 그냥 존재하는 것 같다.
우리가 그 존재하는 세계를 꿈꾼다면 초자연적인 통로로 연결되어
있기 때문이 아니라 우리가 그 존재의 가능성에서 탈출할 수 없기
때문이 아닐까.

듀나

소설뿐 아니라 영화 평론 등 여러 분야에서 활동하고 있습니다. 1992년부터 영화 관련 글과 SF를 쓰며, 각종 매체에 대중문화 비평과 소설을 발표하고 있습니다. 장편소설 「민트의 세계」, 소설집 「구부전」 「두 번째 유모」 등 약 40권의 책을 냈으며, 영화 「무서운 이야기」의 각본에 참여하기도 했습니다. 최근 발표한 「구부전」이 미국에서 출간될 예정입니다.

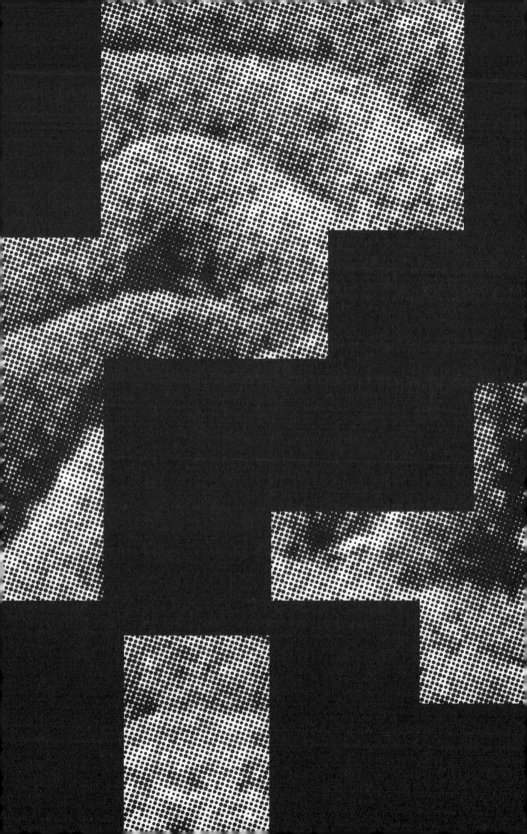

긴 밤의 단상

손현녕

1

짙은 원망과 숱한 고민으로 밤을 보낸다. 그럼에도 내가 할 수 있는 최선의 행동과 사고를 떠올려본다. 나는 가족의 보호 아래서 다 자란 어른이 되었고 어엿하게 분리된 성인이다. 모두에게 처음인 오늘이고, 모두가 예상하지 못한 채 일이 흘러가도 그 끝에 나 자신이 가장 먼저여야 함을 인지해야 한다. 누군가에게 아무리 묻는다고 답이 나오지 않는다. 해결되지 않는 일을 털어놓는 것은 그 자체로 나를 지치게 할 때가 있다. '분리'가 가장 중요한 핵심이다. 정신적 물리적 거리를 두는 것은 모든 인간 관계의 갈등 속에서 마스터키 역할을 한다.

2

천천히 가도 괜찮다. 조급하지 않아도 괜찮다. 빨리 이루고 싶어서 조급해하고, 이 계획을 성공해야 또 그다음을 향해 간다고 스스로 채찍질한다. 문득 "빨리 가서 뭐 할래?"라고 물었다. 그렇게 빨리 가서 그다음엔 뭘 할 것인가 생각해보니 딱히 답이 없었다. 원하는 명예와 부를 원 없이 누릴 수 있나? 하고 싶은 것만 하면서 걱정 없이 살 수 있나? 밥벌이에서 자유로울 수 있나? 천천히 해도 괜찮다. 천천히 가는 과정에서 깨닫는 것이 가장 크리라 믿는다. 이루고 나서 얻는 깨달음보다 그곳까지 도달하는 데서 얻는 경험치가 내 인생의 이력서라 믿는다. 미리 가면 다시 돌아오는 길밖에 없다. 빨리 가면 빨리 사라지는 것밖에 없다. 많이 가지면 없어지는 일밖에 없다. 더 많이 더 빨리는 그만큼 더 빨리 많이 잃게 되는 방법일지도 모른다. 천천히, 나를 믿고 조급해하지 않는 것. 그리고 지금 이 과정을 최대한 느끼고 가슴에 담아둘 것. 내가 나를 얼마나 믿고 지지하는지 나에게 스스로 이야기해줄 것. 그것이 바로 조급증을 그나마 달래는 길이라는 것을 이제야 조금씩 알아차린다.

3

'입에서 나온다고 다 말이 아니다'라는 다소 과격한 문장을 나는 너무나 사랑한다. 상대가 내게 하는 말 속의 저의를 짚어내느라 가끔 혼돈의 상태에 빠지기도 한다. 아무 의도 없이, 생각나는 대로, 좋은 뜻에서 이야기를 한다 하더라도 상대의 기분을 상하게 했다면 문제가 될 수 있다고 생각한다. 모든 소통은 받아들이는 사람의 감정도 고려되어야 하기 때문이다. 때로는 '네가 너무 예민한 거 아니야?'라는 이야기를 들을 때도 있다.

'예민함'은 흠일까? 나는 예민하기에 남의 친절을 빠르게 알아차리고, 예민하기에 상대에게 더 말을 조심해서 내뱉는다. 반대로 예민하기에 상처받고 숨어버린 적도 많다. 조소 섞인 그 한마디. "글 써서 한 달에 30만 원은 버니?"라는 말. 웃으며 대처할 줄 모르고, 말로 되받아칠 힘도 없던 나는 그대로 그 말에 눌려 곤두박질쳤다. '글 쓰는 일이 얼마나 힘든데! 당신이 알기나 해?'라는 마음이 번져서 곧 나를 갉아먹기도 했다.

내가 그때 무슨 말을 했어야 할까. 웃으며 넘기지 말고 상처 주는 같은 말을 했어야 하나 오래 고민했다. 그러다 문득 이런 생각이 들었다. 말의 힘, 미소의 힘. 나의 내면부터 잘 다져지면 그 속에서 나오는 말들이 나를 저절로 지켜줄 수 있지 않을까. 뒤죽박죽 나오게 되는 말을 집어넣고 굳이 꾸미려 하지 않은 채 나의 입장을 이야기한다. 이러한 부드러움은 강단 있게 나의 입장을 표현하는 데 큰 힘이 될 것이다. 우리는 모두가 각자 강하되 배려 있는 사람이 되어서 말의 힘과 무게를 올바르게 사용할 수 있어야 한다.

4

행복한 인생이란 대부분 조용한 인생이다. 가끔은 아무 일도 일어나지 않는 일상에 감사해야 한다. 영화와 음악 그리고 좋은 책은 우리에게 좋은 자극이 된다. 음악을 듣고 편안함을 느끼고 책 속의 어느 구절이 종일 머리에 맴돌아 마음을 달래기도 한다. 영화 장면은 시각과 청각을 동시에 자극해 그 얼마나 짜릿한가. 자극은 삶을 이어가는 데 필수적인 요소일 것이다. 당신은 이러한 모든 자극에서 벗어나본 적이 있는가? 그저 자연 속에서 가만히 하늘을 쳐다보며 권태로웠던 적은 언제였는가. 우리는 오히려 자극 이 없는 곳에서 깊은 내적 성장을 이루어낸다. 권태로움의 반대는 즐거움이 아니라 자극이다.

작년, 제주에서 두 달을 살았다. 거의 모든 날을 마당에 앉아 가만히 해가 뜨는 걸 보고, 바다의 항구에 앉아 해가 지는 걸 보며 지냈다. 영화도 책도 그 어떤 자극과도 떨어져 지낸 시간이었다. 그사이에 난 참 많이 깊어지고 있었다. 나에게 일어난 불행한 일들을 어떻게 받아들여야 할지, 정리하기 힘든 관계들 속에서 어떻게 처신해야 할지도 스스로에게 많은 답을 내려줄 수 있었다. 많은 사람이 시끄러운 도시에서 벗어나려 한다. 그리고 책 한두 권을 가지고 여행을 떠난다. 정작 여행지에서 책을 펼 시간보다 그 장소, 그 시간의 그대로에 묻혀 지내다 올 때가 많은데 말이다.

우리는 대부분 경험해보았다. 전날 밤의 즐거움이 클수록 아침의 허무와 공허는 더 깊어지기 마련이었다. 우리 삶 전체도 마찬가지일 것이다. 자극이 넘쳐나면 도리어 심신이 황폐해지기 쉽다. 반대로 자극이 너무 적다면 병적인 갈망으로 균형을 잃을지 모른다. 어느 정도 우리 삶 속의 권태를 견딜 수 있는 힘은 오히려 행복한 삶을 만들 수 있으리라 믿는다. 오히려 약간의 결핍은 삶에 있어 필수적이다. 진정한 기쁨과 환희는 조용한 분위기 속에서 찾아온다.

5

동생이 집을 나갔다. 다행히 행방 묘연한 가출이 아니어서 마음을 쓸어내렸다. 한두 마디 남기고 집을 구해 독립을 했다. 며칠을 귀에 이어폰만 꽂고 있는 녀석과 대화도 할 수 없었다. 말을 시켜도 대답하지 않고 눈을 마주치지 않으려 했다. 무슨 일이 있는지 걱정이 되었다. 아니, 사실은 어떤 깊은 상처가 녀석을 괴롭히는지 나는 잘 알기에 더 걱정이 컸다. 그래서 더 이상 말을 붙일 수 없었다. 우리 모두 피해자면서 가해자가 되기도 한다.

어딜 가든 몸보다 마음이 편해야 한다. 녀석은 이곳보다 혼자 있는 공간을 선택했다. 그에 따른 책임도 함께 가져갔지만, 그로 인해 몸은 힘들어도 마음만은 편했으면 좋겠다. 혼자 있는 곳에서는 귀 아프게 이어폰도 꽂지 않았으면 좋겠다. 허겁지겁 빠르게 먹어야 했던 식사도 천천히 소화시키며 먹었으면 좋겠다. 그늘져 있던 얼굴에 화사한 웃음이 자주 드리우면 좋겠다.

우리는 모두 독립적인 개체다. '나' 먼저 생각하는 것이 맞는 것인데 '가족'이라는 명목으로 요구하는 수많은 것에 좌절할 때가 많다. 낳아주셔서 그리고 키워주셔서 감사한 마음과 마음 다쳐가며 인내하고 희생하는 것은 다른 문제다. 조금 더 행복해질 수 있다.

가장 중요한 것은 '나의 안위'라는 것을 잊지 말아야 한다. 그리고 나 아닌 누군가에게 요구하지 말아야 한다. 나의 안위는 내가 돌보는 것이다. 용기 내어 떠난 나의 동생처럼 말이다.

6

세상을 알아갈수록 자존감이 낮아지는 건 참 희한한 일이다. 똑똑할수록 자존감이 낮아진다는 말이 꽤 설득력 있게 다가온다. '무식이 용감'이라는 말처럼 아무것도 모를 때 오히려 행복할지도 모른다. 당신의 인생에서 가장 중요한 단어 하나를 고르라면 무엇을 선택하겠는가? 나는 단연코 '경험치'를 이야기하고 싶다. 떠오르는 단어가 여럿 있다. 성취감, 성공 경험, 여행, 사랑, 실패 등 이렇게 떠오른 단어도 결국은 내 경험 안에서 만들어진 것이기에, 그리고 이 단어를 모두 포괄하는 것이 결국은 '경험'이기에 '경험치'라는 단어를 고르게 되었다.

경험치만큼 중요한 것은 없다. 겪지 않으면 모른다. 물론 된장인지 똥인지 찍어 먹어봐야 아는 것은 미련한 행동이지만 어찌 보면 많은 사람이 된장의 맛은 알지만 똥의 맛은 모르기에 그것의 가치만큼은 최고로 쳐줄 수 있지 않을까. 겪어보지 않은 것은 함부로 말할 수 없듯, 겪은 것만이 가지는 위력이 있다고 믿는다. 살아온 시간과 경험치는 비례하지 않는다. 하지만 그만큼 경험의 기회는 많이도 찾아왔을 것이다. 기회를 놓친 사람에게 질타를 보내는 것이 아니라, 사소하게 나를 스치는 모든 경험의 시작점을 잡을 수 있다면 손 내밀어 보자는 말을 전하고 싶다.

일어나지 않은 일에 대해 아는 사람은 그 누구도 없다. 수많은 확률을 따져 예상하지만 그것이 100퍼센트인 경우는 없으니 말이다.

경험치를 높이면 내 안의 계산기가 더 견고해지면서 확률을 따져
앞으로 닥칠 일 앞에 더 좋은 방안을 내놓을 수 있게 될 것이다.
그러므로 우리는 더 많이 부딪히고 겪어야 한다.

　이것저것 경험하는 것이 중요하다. 이것저것 먹어봐야 다음에
맛없었던 음식을 골라낼 수 있는 것과 같다. 혹자는 나에게 한
우물만 파도 성공할까 말까 하는데 이거했다, 저거 했다 허송세월을
보낸다고 했다. 일리 있는 부분도 분명히 있다. 한 우물만 열심히
판 결과에 대해 우리는 전문성이라는 이름을 붙이니 말이다. 그러나
내가 바라는 이상적인 삶은 다양한 경험에 따른 유연한 자세로부터
시작된다.

7

　교사가 되고자 했을 때의 일이다. 교단 앞에 서 있는데 한
학생이 나에게 물었다. "선생님, 클럽은 뭐 하는 곳이에요? 거기는
나쁜 곳이에요?" 만약 내가 클럽에 한 번도 간 적이 없었다면 그
학생에게 부정확하고 편협한 나의 생각이 정답인 양 전달되었을지도
모른다. 물론 우리는 이 세상의 모든 것을 경험할 수 없다는 걸
안다. 매일매일 새로운 것에 도전해도 죽기 직전까지 다 경험하지
못한 일이 더 많을 것이다. 나이가 들어 아이가 나에게 물을지도
모른다. "엄마, 스카이다이빙을 하면 어떤 기분이에요?" 나는
직접 스카이다이빙을 해보고 아이에게 이야기해주고 싶다. 이미
패러글라이딩을 경험한 내가 여기저기 추천을 하는 것처럼.
　나는 대학 입시에 실패해본 적이 있기에 재수생들의 마음을
깊이 공감할 수 있다. 대학에 들어가 두 달 만에 휴학이 아닌 자퇴를
해보았기에 그런 상황에 처한 친구들에게 누구보다 진솔한 나의

이야기를 들려줄 수 있다. 공황장애로 수십 번 숨이 가빠져보았기에 자신 있게 병원을 추천해줄 수 있다. 정신과 내원이나 심리센터 방문을 망설이는 그대들에게 나는 누구보다 힘주어 한 걸음 나서볼 것을 권할 수 있다.

내가 겪은 경험 안에서는 자신 있게 이야기할 수 있는 것이다. 이제 그대에게 듣고 싶다. 그대가 겪은 경험의 이야기들을 내가 간접 경험 해볼 수 있도록. 그 경험 안에서 내가 배울 수 있고 조언을 얻을 수 있는 부분들을 귀에 담고 싶다. 그리고 그대의 경험치를 엿보고 싶다. 그대가 살아온 인생의 경험치는 레벨 몇인가. 그리고 그대의 인생에 가장 중요한 단어는 무엇을 꼽을 수 있는가. 살면서 그대가 잘했다고 생각하는 모든 것을 노트에 써내려가길 권한다. 가령 '어제 기분이 좋아 친구에게 커피 한 잔 사준 것'처럼 사소한 것부터 시작해도 좋다. 많이 알수록 그리고 똑똑한 사람일수록 자존감이 낮다는 서두로 글을 시작했다. 모르는 것에, 내가 잘못한 것에 집중하기보다 사소하지만 잘한 것 그리고 경험한 모든 것에 집중하자. 아마도 적어내려가다 보면 이렇게 코끝에서 뜨거운 콧김을 내뱉는 것조차 스스로 사랑스러울 것이다.

8

깜깜할수록 나 혼자 이야기를 나눈다. 아픔에 무뎌지는 건 나이가 들었기 때문이란다. 사실은 무뎌지는 게 아니라 무딘 척해야만 하는 것이다. 바쁘고 정신없이 살아가니 주변에서는 서로가 탈 없이 지내는 줄 안다. 터놓지 않으니 속으로 더 검게 썩어가는 걸 모른다. 저마다 가슴속에 언제 터질지 모를 시한폭탄을 안고 산다. 불안한 미래가 또 스치는데 이런 나에게 답을 주는 누군가가

없어서 무섭기만 하다. 달을 보는 횟수가 늘어 나는 요즘 만나고
싶은 사람도 없고 그리워할 사람조차 없어서 공허하다. 허벅지에
멍이 제법 크게 들었다. 어디서 그런 줄 모르고 그저 푸른 멍을
쓰다듬고만 있다.

"정신은 어디에 두고 살아야 하나요. 머리에 두어야 하나요,
마음에 두어야 하나요. 마음이 귀한 사람이 되자고 했는데 대체
마음은 어디에 있나요. 마음이란 것이 존재하기는 하나요. 이 세상은
온통 머리로만 움직이는 걸요." 하늘에 뜬 초승달이 우리 차를
따라온다고 아빠를 보며 환히 웃던 어린 내 모습은 여기에 더 이상
없다. 쉽고 가벼운 만남보다 깊이, 오래 만나는 사이가 더 어려운
일이라는 걸 알아버린 지금의 나는 당장의 내일이 두려워 잠 못
든다.

9

상처는 서로 끌어당긴다. 안 보이게 덮어두어도 상처는 상처를
알아본다. 상처끼리의 만남이 때로 교감이나 위로가 되기도 하지만,
상처를 가진 어떤 사람은 사냥감을 기다리는 포식자처럼 숨죽여
상처를 가진 다른 이를 기다린다. 그리고 상처의 냄새를 맡으면
다가가 겨우 앉은 딱지를 잡아뜯고 벌리기도 한다. 덧나버린 상처는
전염되어 가장 가까운 이를 해친다. 상처를 가진 사람은 그것이 다시
곪지 않도록 돌봐야 한다. 커지지 않도록, 덧나지 않도록, 전염되어
소중한 것이 상처 입지 않도록, 그리하여 상처로 서로를 죽이지
않도록 말이다.

미래가 불안하고, 사랑받지 못할까 두렵고, 하고 있는 것들이 실패할까 봐 주저하는 이유는 어쩌면 남아 있는 시간이 많다고 착각하기 때문일지도 모르겠다. 남아 있는 시간이 불행할까 봐 염려하는 것은 깊이를 알 수 없는 심연에 빠진 것과 비슷한 기분일지도 모른다. 사고로 죽든, 지병으로 죽든, 혹은 천수를 다한다 해도 우리는 주어진 시간이 언젠가 끝이 난다는 사실을 자주 잊고 산다. 시간은 흐르고 한 생명에게 주어진 시간은 반드시 정해져 있다. 끝이 있다는 것을 매 순간 의식하고 산다면 그것 또한 괴로울지 모른다. 그러나 지금 이 순간 숨이 쉬어지지 않을 만큼 고통스러운 시간이 영원히 계속될까 봐 두려워하지는 않아도 될 것이다. 우리에게 남아 있는 날들이 하루일지 일주일일지 또는 10년일지 40~50년이 될지는 알 수 없다. 내게 남은 시간을 어떻게 살아내야 할지 많은 생각을 한다.

나의 지난 시간은 늘 조급했고 무엇 하나 이루지 못했다는 자괴감에 잠시도 자신을 편안하게 두지 않았다. 뒤만 돌아보다 정작 흘러가는 그때 그 순간을 즐기지 못했다. 손가락 사이로 빠져나가는 모래처럼 흘러가는 시간을 과거의 후회에 갇혀 내버려둔 것이다. 현명한 노인은 자식들과 자주 웃고 맛있는 것을 먹고 당신이 좋아했던 작은 것들을 옆에 놓아둔다. 지나온 것들을 가슴 치며 아쉬워하는 이에게 남은 시간은 이미 없는 것이나 마찬가지다. 더 이상 살아 있는 시간이 아니다. 더운 날 냉장고에서 꺼낸 차가운 보리차를 마시며 느꼈던 만족감처럼 아주 작은 행복이라도 모이면 큰 것이 될 것이다. 잠시 소풍 왔다 간다는 어느 시인의 말처럼 잠시 빌려 쓰는 시간 속에서 어느 것이 더 소중한 것인지 차분히 둘러보고

싶다. 남아 있는 시간을 그렇게 보내려고 한다. 살아 있는 시간을
보내고 싶다.

11

　마지막이라는 말은 속이 시원할 때도 있겠지만 결국 지나고 보면
참 슬픈 단어일 때가 많았다. 마지막이 되어서야 아쉬움을 느끼는
것은 마지막 남은 과자 하나, 마지막으로 보는 만남 한 번, 그리고
마지막으로 읽는 글 한 편쯤이 되었다. 마지막이 있다는 말은 거슬러
올라가 처음이 존재한다는 말이 될 것이다. 처음의 설렘과 기대를
안고 시작한 일이 마지막에 이르렀을 때 뿌듯함과 시원섭섭함이
남는다면 그 일은 적어도 실패한 일이 아니라는 반증일 것이다. 책을
내겠다는 일념에 처음 글을 쓴 날과 드디어 인쇄소에 원고를 보내기
전 마지막 글 작업을 할 때, 연인과 첫 데이트로 설렘 가득했던 날과
다시는 만날 일 없음을 직감한 우리의 마지막 헤어지는 날. 처음으로
얼굴도 모르는 소수의 몇 분께 개인적인 이메일을 써서 보내던
날과 그 이메일의 마지막을 장식하는 날. 수많은 처음과 마지막이
반복되고 혼재하지만, 그리 슬픈 마무리도 또 그리 들뜬 시작도
없이 언제든 그 마지막이 다시 처음이 될 수 있기를 바라며 오늘의
마지막을 마무리한다. 내일 아침은 또 새로운 시작이고, 마지막이
있기에 또 무언가 다시 시작될 수 있다는 것을 서서히 알아가는
나에게 마지막이란 것은 무조건 슬프기만 한 것은 아니므로.
마지막은 즐거운 축제처럼 잘 보내주어야 한다는 것을 이제는 조금씩
알아가고 있으므로 편안히 이 순간을 보낸다.

한때는 굴러가는 낙엽만 봐도 배꼽을 잡고 웃던 친구가
지금은 낯선 남보다 못한 사이가 되기도 한다. 사람 사이라는
것은 이리도 어렵고 혼란스럽다. 단 한마디에 우리는 막역한
친구가 되기도 하고 원수가 되기도 한다. 우리는 어쩌다 이렇게
멀고 먼 사이가 되었을까. 시간이 가로막기도 하고, 한낱 감정이
우리를 떨어뜨려놓기도 하지만 세월 모르고 잊고 지내던 어느 날
마주하는 때가 오면 그것이 그렇게 곤혹스러울 수가 없다. 대인배의
마음가짐이 필요할까, 얼굴이 두꺼워야 할까. 남보다 못한 사이가
되어버린 여러 얼굴을 마주할 때 아무렇지 않은 척이라도 하려면
어떤 생각을 해야 하나.

"이 오빠들이 술 마시러 놀러 오라는데 같이 가자!" 우리는
열여섯이었다. 나는 지금도 여전하지만 어릴 적은 지금보다 더 심한
쫄보였기에 그럴 수 없다고 말했다. 그리고 친구를 혼자 보낼 수
없으니 꼭 막아야만 했다. 왜인지 온갖 나쁜 생각만 드는 것이었다.
무서운 오빠들이 친구를 가둬놓고 나쁜 짓을 할 것 같고, 그곳에
가면 다시는 돌아오지 못할 것 같았다. 친구를 붙잡고 '우리는 성인이
아니다, 거기 가서 두 발로 걸어나오지 못할 수도 있다, 부모님이
속상해할 것이다' 같은 입바른 소리만 줄줄 읊어댔다. 그 뒤로도
비슷한 일이 여럿 있었지만 계속해서 나는 그 친구를 다그치기만
했다. 일탈을 하거나 심장이 두근거리는 일을 할 때면 그 친구가 꼭
내 옆에 있었는데, 또 그만큼 그 친구와의 추억 보따리는 누구보다
무겁고 형형색색으로 가득 찼다. 의리가 대단한 친구였다. 어쩌면 그
친구를 만나서 배포와 용기를 얻고 심장이 단단해졌는지도 모른다.

그런데 성인이 되고 난 뒤, 공감대를 형성할 무언가를 잃어버린

우리는 점점 다른 길을 걸었다. 자유롭게 날아다니며 춤을 추는 친구, 그 친구의 눈에는 내가 요샛말로 '꼰대'이며 '선비'였을지 모르겠다. 서로를 궁금해하지 않고 지낸 지가 10년이 지났다. 그리고 어제, 우연히 그 친구와 마주쳤다. 눈을 어디에 둬야 할지 모르고 당황한 나머지 내 옆에 있던 친구의 팔짱을 더 세게 꼈다. 헤어진 연인을 마주해도 이러진 않았을 거라 생각했다.

그 누구의 잘못이 아닐 수도 있다. 또는 둘 모두의 잘못이기도 할 테지만 이미 지난 일 앞에서 웃으며 인사를 나누는 것은 어려울까. 그 친구 역시 나와 같은 생각을 했을까. 온갖 생각이 교차했다. 그리고 내가 팔짱을 끼고 있던 친구를 봤다. 이 친구와의 관계를 특별히 더 신경 써서 우린 이렇게 여전히 가까울까. 그것 역시 아니었다. 사람 사이가 알 듯 말 듯 했다. 내 마음 같지 않으니 오히려 더 편하게 느껴진다.

나는 늘 진심이면 된다. 그리고 그 진심 안에서 내 목소리를 낼 수 있으면 된다. 마지막으로 그 관계 안에서 친구의 목소리를 들을 줄 알면 그것이 내가 할 수 있는 전부라는 생각이 들었다. 그런데도 멀어지고 떠나가는 인연 앞에서는 숨을 필요도, 불편해할 이유도 없다. 아마 당황해서, 그리고 즐거운 기억이 많은 친구였기에 얼굴이 붉어졌을 거라 생각하지만 주눅이 들거나 내가 나를 탓할 이유는 없다. 그렇게 가까워지기도 하고 멀어지기도 하며 세월은 흐르는 것이니까.

13

가지고 있을 때는 정작 몰랐던 감정들이 왜 잃고 나서야 물밀듯 다가오는가. 남이 가진 것은 반짝반짝 빛나고 커 보이는데, 내

손에만 오면 왜 부족한 것들 먼저 눈에 들어오는가. 까탈스럽고
예민한 성격 탓에 내 주변을 이루는 모든 것은 쉬이 곁을 지키지
못했다. 떠나고 나면 후회한다는 것도 남의 일이었다. 날 떠나면
떠나는 것이다. 그걸로 끝이다. 하지만 그것이 남의 손에 들어간
것을 보았을 때 나는 왠지 모를 패배감과 자괴감을 느껴야 했다.
무모하게 내던져서 하는 모든 일에는 사실 용기가 필요하지 않았다.
소중한 것이 무엇인지 모르기에 잃어도 그만이었으니 누군가의 눈에
'용기'로 보일 수밖에 없었다. 왜 나는 남보다 나를 우선시하는 것에
이토록 죄책감을 느끼는가. 모든 것의 기준을 나에게 두는데 왜 내
마음은 불편한지 대체 정말 모를 일이다.

　　사람은 저마다 자기만의 기준 안에서 살아간다. 세상이 정해놓은
기준과 자기 자신만의 기준이 비슷할수록 이 세상에 적응하기 쉬울
것이다. 나는 내가 세워둔 기준 안에 갇혀버린, 그래서 세상으로부터
고립된 죄수가 되었다. 너무도 뿌리 깊게 박혀버린 틀을 부수는 것이
하루하루 시간이 지나는 지금 가능할지 모르겠다. 주치의는 말했다.
타고난 기질 그리고 살아온 환경이 사람마다 모두 다르기 때문에
인터넷에 떠도는 정답인 양 하는 것들은 의미가 없다고 말이다.

　　누가 우리 주치의처럼 나에게 말해줬으면 좋겠다. 사람마다 모두
다르기 때문에 너에게 관심 없는 사람이 있듯, 너에게 관심이 가득한
사람도 있다고. 아직 나타나지 않았을 뿐 어딘가에 존재하고 있으며
널 만나기 위해 달려오는 중이라고 말이다. 우리는 서로를 향해 마주
보고 천천히 걸어가고 있는 중이니 당장 눈앞에 보이지 않아도, 당장
주변에 널 괴롭게 하는 사람들밖에 없더라도 조금만 기다리라고.
너의 의미를 읽어줄 사람은 반드시 존재한다고 믿으라고 확신을 주는
말이 필요했다.

　　늘 그랬듯 나에게 이러한 말을 해줄 수 있는 사람은 나뿐이라는

걸 잘 안다. 오늘도 나 자신과 대화를 나누며 잠자리에 든다. "너 새별오름 근처에서 '나홀로나무' 봤지? 사람들이 왕따나무라고도 부르던데 기억나? 그 허허벌판에 혼자 서 있는 나무는 많이 외로울까? 난 아니라고 믿어. 홀로 곧게 자기 자리를 지키고 있으니 하루에도 수많은 사람이 같이 사진을 찍자고 주변에 모여들잖아. 그것처럼 너도 똑같아. 너 스스로 지금 그 자리에서 뿌리 내리며 단단함을 기르고 있으면 너의 향기를 맡고 찾아오는 이 한 사람쯤은 있을 거야. 혼자이고 싶지만 혼자이고 싶지 않은 너의 마음 십분 이해해. 오늘 하루도 잘 버텼어."

손현녕
넘치는 사랑과 슬픔 속에서 '나'를 잃지 않기 위해 글을 씁니다.

비정기 간행물 때 Volume 01

잠이 오지 않을 때

조예은, 은모든, 김종완, 최유수, 짐은지, 강혜빈, 오종길, 서이제,

김현경, 태재, 임진아, 듀나, 손현녕

발행인 이상영

편집장 서상민

편집 이상영, 황남경

디자인 서상민

마케팅 서재은

교정교열 노경수

인쇄 피앤엠123

펴낸곳 디자인이음

2009년 2월 4일:제300-2009-10호

서울시 종로구 효자동 62

02-723-2556

designeum@naver.com

instagram.com/design_eum

2021년 4월 15일 1판 1쇄 발행

값 15,000원

ISBN 979-11-88694-91-4 03800